皇甫卫明 著

远方的季节

YUANFANG DE JIJIE

一线教师三十五年的教育随笔，
摒弃空洞说教，拒绝枯燥理论，传道授业解惑中感悟教育真谛。

河北出版传媒集团
花山文艺出版社

图书在版编目（CIP）数据

远方的季节/皇甫卫明著. —石家庄:花山文艺出版
社，2017.3（2021.3重印）
　ISBN 978-7-5511-3293-0

　Ⅰ．①远… Ⅱ．①皇… Ⅲ．①随笔－作品集－中
国－当代 Ⅳ．①I267.1
　中国版本图书馆CIP数据核字(2017)第053961号

书　　名：**远方的季节**
著　　者：皇甫卫明

责任编辑：梁　瑛
责任校对：李　鸥
美术编辑：胡彤亮
出版发行：花山文艺出版社（邮政编码：050061）
　　　　　（河北省石家庄市友谊北大街330号）
销售热线：0311-88643221/29/31/32/26
传　　真：0311-88643225
印　　刷：三河市华东印刷有限公司
经　　销：新华书店
开　　本：650×940　1/16
印　　张：14
字　　数：200千字
版　　次：2017年5月第1版
　　　　　2022年1月第2次印刷
书　　号：ISBN 978-7-5511-3293-0
定　　价：32.00元

自　序

　　教了三十多年书，我一直梦想出版一部贴近职业的专著，也算不枉此生。那么多年积攒的论文足够编一本书，回头看看，都是套路严整的八股文，照搬几句理论，列举几个教学片断，无病呻吟，浮光掠影，连自己都不忍卒读。即使勉强结集出版，也达不到一定的理性深度，难以给人真正启迪，徒然浪费别人的时间，而且读者面过于狭隘。我出版过两部散文集，与职业关系不大，纯属业余爱好，自侃的说法有点不务正业。教育随笔就不一样了，我喜欢这种不拘套路的文体，纵横捭阖，挥洒自由，能借助文学性提高可读性。站在一线教师的视角，舍弃空洞的说教和枯燥的理论，以鲜活的事例开道。读者可以是教师，可以是家长，甚至可以是普通人。

　　昔时的老师都能著书立说，不管是大学老师还是小学老师，不管在官府学堂还是在乡村私塾当先生。这也难怪，即便是私塾老师，也已然是方圆十里屈指可数的读书人。他们凭借传统的教材，简单的教学手段，担当了小众化的文化启蒙和国学传承。诚然，出版与传播的局限，使得绝大多数老师没有只言片语传之后世，仅有少部分精品以传抄、木板印刷等形式艰难保存下来。小时候从父亲口中得知，我的爷爷、太爷爷都当过私塾老师，可惜没有家谱，上溯四代没人能说清了。我当老师，似乎冥冥之中跳过父亲再承祖业。近祖曾留下几大箱子书籍，"破四旧"时大多化为灰烬。幸存的旧书中有他们的手抄本，因落款可信。纸张已然泛黄发霉虫蠹，一色的蝇头小楷，在我看来够得上书法家的档次。上学前，我喜欢拖着爷爷出门不离身的藤篮，装几本旧书，以为能作上学后的课本。村上的老道士和讲经先生为了练得一手好字，几次三番前来借手抄本作字帖，直到过世仍未归还。爷爷留下的墨宝，是我一个时期在小伙伴和老师面前炫耀的资本。"看呐，这是我爷爷写的毛笔字！"多牛。那我呢？我也总该给后人留点什么。

　　这本集子中半数是博文，学校对青年教师写教育随笔有强制性要求。被逼写文章，即便敷衍成文也是痛苦的，而我不在强制之列，反倒闲适自在。信手涂鸦，几年下来不觉累积了一定字数，由是萌生了打包批发的念头。去年底，我将设想告诉作协主席俞小红，他竭力怂恿我早日拿出书稿，并将其列入2015年作协重点出版书目在年会上发布。潘吉、浦仲诚、倪东等前辈也表现出极大的热心，多次询问进展。真到整理书稿时，不觉惊出一身虚汗。首先是总量不够，离最低结集标准至少差四万字。教育随笔都是有感而发，倚仗平日点滴积累，灵感这东西倏尔即逝，一下子哪来那么多的题材？粗制滥造恶补心有不甘，所以一直犹抱琵琶半遮面。其次是质量参差，这些随笔大多成稿于近三年，愈往前质量愈差，篇幅短，文字粗，需要拓展润色。此时才意识到，出一本教育随笔是很艰难的，谁让我夸下海口呢。

六一前夜，终于码够了字数。从头审阅这些文字，觉得有点四不像，似乎不该笼统称之为教育随笔，严格地说是教育题材的文学随笔与散文。其中有教学手记，有读书心语，有获奖征文，多篇文章作为文学作品在报刊上登载过。没有专门词语给这类文章下定义，好在随笔是个很宽泛的概念，大可不必为如何定义去伤神。

编写目录又是个艰难的过程。近五十篇文章，连头搭尾排在一起，显得庞杂无序。似乎可以分类，却又不能俨然清晰，社会、家庭、学校、学生是教育的四要素，你中有我，我中有你，写任何一个方面都免不了左穿右越，所以只好粗粗分四辑，将同类或侧重于某一方面的题材放在一起。第一辑重在阐释教育理念，第二辑谈家庭教育，第三辑是对教师这个职业的解读，第四辑以学生为主角。仍有另类文章难于对号入座，就三四篇，弃之可惜，特设一辑杂谈类太奢侈，便闭着眼睛塞进某一辑垫脚。

鼠标点击骤停，我拨动滚珠浏览，长舒一口气，小有成就感。我内心仰望著作等身的大师、名家，行动上不拿自己跟他们比，否则永远自卑、失落。这些文章缺点多多，比如深度不够，比如同质性太强。我请同行中高人审阅过，说看一篇两篇有味，看多了难免一个味。跳出自我是很难的，无论思想、观念、笔法，我有自知之明。有些案例重复使用，我在修改时狠心舍弃，或者弱化了，依然留有痕迹。

人生就是在追求完美和留有遗憾的一次次循环中磨砺，磨出皱纹，磨出白发，颤颤巍巍地来去，直至在红尘禅意的光阴里优雅地老去。

目录

第四辑

第一辑

穿行在守与望的曲径

得一本好书，似结识一位贤人。不忙翻书，但凭书名揣度一番，"守望"与"教育"的动宾搭配，省略的主语是谁？从文字还原的场景，与我记忆中的一些可视画面是否冥合？

"不让乡亲们的梦，跌落于悬崖，门巴的女儿执意要回到家乡，坚守在雪山、河流之间。把知识一点点注入一个个乡村。"多美呐，或许你猜到了，那是颁奖词。格桑德吉，2013感动中国十大人物之一，这位西藏墨脱山区的女教师，用一颗心脉动一群人的心，用一点儿光点亮山间更多的灯火，被誉为悬崖边上的护梦人。

"感动中国"作为央视精品栏目，至今已有一百二十多位人物上榜。你如果有心，每期年度人物中几乎都有老师或者与教育相关的人士。你再留心，他们多来自边远山区，少数民族聚居地，经济欠发达地区。他们守着大山，守着清贫，守着一群孩子，扛起一份沉甸甸的责任。他们以一己之身微薄之力，在贫瘠的墙壁上打开一扇窗，让孩子发现新的世界，让孩子的眼睛铺满阳光。细品那些颁奖词，解读他们的事迹，你会发现，守望——填充了他们精神世界的内核。守与望的构架，来自多维的强烈反差。他们生活天地的狭窄与目光的放眼世界，待遇的微薄与信念的坚实，写在脸上的疲惫与后背写满的感激，甚或，大半辈子油灯下焚膏继晷与颁奖台上镁光灯下的无所适从。那这本书所守望的，是否与"感动中国"同在一条悠长的曲径？

《守望教育》这书名，你会想起一尊塑像，想起一幅画面的定格。七十五位作者，无一不是我陌生的名字，其中应该没有那种"感动"级的人物吧，那些从他们内心流泻的一篇篇文字，却无法不让我感动。

"如若不能将教师这份职业当成荣耀与坚守，那么我们是否也能把它当成幸福生活的一部分呢？"大概出自女老师的手笔吧，她对人生坐标的定位，化作对守望的诗意表述。她在《教育随想》一文中列举了几位老师，其中有一其貌不扬的学界泰斗，操着泰州腔的普通话，给一代代学生讲《尚书》《诗经》，良好的国学学养，让他的学生终身受益，他从不觉荣耀，相反常常为当初不纳劝导、若干年后才懊悔莫及的学生自责。这让我记起不久前去世的"布鞋院士"李小文，他应邀去北大讲座，讲的"多角度遥感"可是领军国际的高端学问。他像不像去作脱贫报告呢——黑衣，布鞋，蓄着胡子，没穿袜子，李小文的衣着也太马虎了。他以睿智的标高征服学界，筚路蓝缕的寒酸相又令人唏嘘。李小文有些另类，他的精神世界无法让我等凡夫抵达，却对身边的人物感同身受。我有一位学生，后来也当了小学老师。她将自己定位于受家长欢迎，受学生爱戴的好老师。每有乱班、差班，领导第一个想到她。一个月，两个月，半学期，脱胎换骨。祛病如抽丝，很多人看到的是表象，其中的艰辛只有她知道。她身上没什么荣誉，连能手都不是，每有同事埋怨学生，埋怨家长，埋怨待遇，她从不附和，也无失落，发自内心觉得这份工作很适合自己。诚然，人各有志，光环和豪言壮语也非恶水，而淡泊与宁静者又有几多。

这些文章，多角度，多层面，有说理念谈体会，有谈学生与课堂，有论师德修养与专业素养，鲜活的事例，侃侃的阐述，都是"守望"两字具体的注脚。其中有一篇谈到师德的三重境界——遵守规范，拷问良心，体验幸福。不错，规范是底线，无需赘述。我说老师是良心饭，不是嘴唱鼻子听的，体现在为师者日常的细节处，比如，你因迟进教室一分钟而自责，还是寻找理由开脱；你为一个知识点的误导而若无其事，还是寝食难安；学生看似涂涂改改的练习册，事实上你启发引导纠正费尽了口舌和心机，还是一抄了之却以貌似整洁的页面沾沾自喜？教师的工作有隐蔽性，站不到制高点是不会拷问良知的。去年教师节，我校评选过"幸福教师"，就出发点与形式而言无可厚非。深层次想，幸福不是靠评选，也不是靠别人赋予，真正意义的幸福来自自身职业尊严的体验，来自在这个物质与精神权重失衡的时代，浸入你骨髓的是堪比生命更重的信念。

年轻时，我糊里糊涂选择了这条路。奔波在泥泞的土路，两个班数学兼带音乐课班主任，所有试卷都亲自刻写油印，每天一早还得生炉子烧开水。儿时所有的理想，都被无休无止的忙碌消磨了轮廓。转岗的、下海的很多。我心动，而后却步，大概我没那方面的才能或者福分，那就沉下心好好当老师呗。同样当老师，职业意识不同，境界也不同。你把它当作职业、事业，或是信念？一守就是三十五年，千万别用来日方长误导自己。望，扪心自问，自己有足够的资质，有足够的底气吗？我参加成人自学考试，在毕业率不到三个百分点的考生中第一批拿到文凭；我写论文，桌上床上摊满资料，挑灯夜战，垫三张复写纸，用圆珠笔在方格里耕耘，得过省"教海探航"三等奖；昔时许多老师本身就是学者，著书立说，我至少应该当一位会写文章的老师。出版了两个散文集，而后将第三本集子瞄准教育，计划出版一部以教育为题材的文学随笔，暂名《远方的季节》。书稿还在审核中，市里已为我申报苏州市的一个奖项。从参加市作协起，我计划着三年进苏州，五年进省作协。人食五谷杂粮，免不了脱俗，我也为一些失去遗憾，为一些获得期待。我需要勉励、验证，需要得到认可。我不走旁门左道，凭实力跻身体制内，然后看淡一切，仿佛无形。教育与文学的相融，追求与淡泊的辩证，让我的教师生涯，以及与职业相关或无关的所有的一切回归生命的本真。

　　掩卷之间，今年"感动中国"的场面如在眼前。七十二岁的退休外交官朱敏才携妻子孙丽娜远赴贵州山区支教十年，他们不是锦上添花，而是雪中送炭。出名后的老人在鲜花掌声短暂包围中，还将回到苗寨，回到那仅十个平方米的陋室。守望，是主持人使用频率最高的词汇。而老人说话的语气那么平和，似在述说别人的故事，只有内心强大的人才有这般的定力。

　　震撼从来不需要高调呈现。《守望教育》中那些陌生的名字，格桑德吉、朱敏才、孙丽娜等响亮的名字，还有曾经是我学生的同事，所有同质的精神楷模，构成我在曲径之中苦苦探寻的某种契合。刹那间，仿佛看到自己，穿越守与望之间的曲径，清风拂面，阳光明媚。

给孩子一生的行囊

　　一个老师的好与否，标准实在难于正面量化。领导的印象，同事的评价，家长的口碑，这些侧面的评价可作参考，但难免偏颇，因为大多来自间接。孩子最有发言权，当年他们还小，感性占主导，历经几年、几十年的弥久沉淀，他们的评价愈发理性。老师也是从学生过来的，若干年后，印象中教过你的老师日益淡忘，有的只留下一个名字，或则一个姓，或则什么都模糊了。但总有一个两个老师，甚至老师说过的某句话，你都记忆犹新——这个老师，影响了你的终身。我不敢说，这个老师一定是好老师。一个老师在孩子心中如空气一样，在他身边飘了几年，到头来杳无踪迹，那是很悲哀的，哪怕他记恨你。

　　工作三十多年，前十年教数学，转行语文后持续至今。一个循环三年，我在四年级与六年级间轮回。这三年，在孩子求学生涯中占据不小的比例，他们踩着我的肩膀，逐级踏过一门课程的三级阶梯，并由此向着更高的阶梯攀登。他们就此对这门课程发生兴趣，或是逐渐讨厌这门课程；有足够的后劲继续攀缘，或是半途而废。

这样想着，有些后怕，有反省的冲动。

我是语文老师，教的是汉字。老祖宗传给我们的汉字，是世世代代薪火相传的行囊，也是我和我的学生一生的行李。

汉字是很奇妙的积木。写文章就像搭积木，高频率常用字不过一两千，在反复搭配组合间，变幻出各种含义迥异的文章。即便陈述同一题材，高雅、粗俗、艰涩、浮薄、婉约、生硬……一篇文章的文字水准，只需看开头的一百个文字。我很喜欢这样的场景：每个学生手捧读物，一脸专注，一脸虔诚，或蹙眉，或释然，或微笑，或沉浸，物我两忘，教室里静得只有书页的翻动声。我也在看书，读物固然与他们不一样。不少人看过《不阅读的中国人》，那是深深地刺痛了我的。有家长打我电话，说她孩子晚上总捧着本书，看到深夜，希望我能出面干涉。我说，你先留意孩子读的什么书。我的欣慰胜于担忧，对阅读过头的热爱只需稍做引导，老师不忍心打击他的积极性。

我问孩子，中央电视台的《中国汉字书写大赛》看了没？他们说看了。我说记着哪些字？他们能说出一二。那几日，我上瘾一般，霸占着客厅的电视机，无心看书、写作。选手在写，现场成人观众也写。我也写，摊开本子，捏着笔，估计如我这般陶醉的全中国没几个。随着比赛的进程，字渐趋生僻，我和现场观众一样多半写不出。真的佩服那些孩子，腹中有那么多的字，即使没见过的字，也能根据汉字造字规律，根据字义猜出一些。课堂上，我停了新课，跟学生交流，让学生回忆后上黑板书写。一次他们写出了怒怼、厮斗、畛畦、晕厥，写出了命薄缘悭、轴轳千里、枵腹从公、凫趋雀跃。当然，这些词语是全班凑出来的，平均五人一个词语。

我说，认识几个冷僻字不稀奇，关键能把常用字写正确。学生从认识第一个汉字起，便开始了错别字的漫长积累，如果不加强化纠正，到高年级时，将惨不忍睹。我的脑子里有本账，谁同一个字反复出错，到第三次时会小小惩罚他一次。我要孩子向我承诺，到六年级时，不写错别字。的、地、得的正确运用非常难，成人尚且犯错，网络文字更是乱来，"的"字代替了一切。许多表音文字没有助词，我们老祖宗弄得那么难，似乎跟后人过不去。但既然这么着，我们不去忠实地继承，愧对祖宗了。写错人名是对人的大不敬，我会小题大做，花口舌，花心思，跟他纠结。这些藏在暗处的努力，短期效果不甚明显，但一年下来，三年下来，潜移默化，不单是对汉字的尊重，更有学习态度，治学思想的陶冶，孩子终身受益。

孩子都怕作文。什么时候不怕了，甚至稍稍有些喜欢写了，语文学习就渐入佳境。我不布置小作文，不要求写周记。为完成任务而写粗制滥造，看似多练，实则练坏了手。你细看，老是那么些干巴巴的语句，流水账式的陈述，老掉牙的题材，不写也罢。一学期七个作文训练，试卷上九个临场作文，好好利用这些资源就够了。寒暑假，各级作文赛，我动员学生投稿，由我收集、修改。每有孩子发表或获奖，我都大张旗鼓宣传，并把自己的一本散文集奖励给他。我的作品，学生未必都能看懂，但他们很在乎，连他们的父母，以此视为最高奖励。

我写作起步太晚了，年近半百才寻到一些门道。所有教过我的老师，都没有把我引向这条路。遗憾之余，不希望这种遗憾在我学生身上重演。诚然，当一个作家很难，其间有个人的努力，有技巧，有天资。金曾豪先生私下跟我说，写作是教不会的。他说的是灵感。近年复旦等名校开辟写作专业，说不出培养了哪个名家，但毕业生都能写出具有一定可读性，水准在发表线以上的作品。这说的是技巧。学生能不能成为作家，无所谓，关键是有一个作家梦。作家梦能成为学习语文的动力，学习文化的动力。创作与写作文是一回事，只有难度与深度的区分。

孩子对我说，喜欢，就是不会写。我设计几个梯度，先写好开头，再练结尾，再研究中间。我让孩子随意出一个题目，比如"学游泳"，能设计多少个开头？可以从学校报名暑期游泳班切入，可以从其他同学学会游泳的事例引入，也可以从父母的要求写起，再想想，一则孩子溺水的报道，某人见义勇为的举动都可以激发学游泳的动机。入笔的多样化，给孩子多样的视角，以后提起笔，他会顿几秒，陈词滥调式的开头少了，文风清新。字数是作文练习的硬性要求，无话可写，达不到字数，怎么办？我说开始时可以写些对话，拉长叙述。达到字数后，慢慢削减对话，多在细节上下笔墨。就算写对话，也压缩可有可无的"笃白水"，让语言体现人物的个性，对叙述有一定的支撑作用。到这个程度，作文几乎就是文学作品了。

语文是一门课程，要考试，摆脱不了功利。站在教育的高度研究教学，短期效益固然差一些，后劲不会差。你想，孩子喜欢你的课，喜欢这门课，才是教学的本真。诚然，不够热闹，表演性也不够。如今，课以外的因素很多，主导课堂多重评判。能把课上成表演课也是一种本事，但我做不到。

汉字是孩子一生的行囊。每个语文老师，是一处驿站，孩子在这里积力，补给。然后，你目送他们继续远行。老师所有的梦，所有的成就感，都建立在孩子的梦中，在他们日益坚实的脚步中。

孩子的眼神

我的电脑中有一组照片，记录学生学习活动场景，闲来浏览一遍，勾起即将被遗忘收走的记忆，重温朦胧的暖意。这几张上什么课，那几张是哪个班的，稍久远些的，照片上的孩子不能一下子叫出名，但大致知道如今该上哪个年级了。教室内的布置，孩子的服装，神情举止，身体姿态，握着捧着盯着摊着的物件，都可以成为一段记忆的切入点，静态的记录也因我或快或慢的鼠标点击而变得生动起来。

有几张照片很陌生，可以肯定不是我亲自拍的手机照，也不像我曾经教过的孩子。哦，确实不是，是网上备课室里"春风化雨"老师传我的，大概近两年了吧？其时她正在另一所学校支教，如果不是突然间主动地响应号召，她该与我同轨的。她知道我有从学生活动场景中获取写作灵感的习惯，发这组照片后，附带问我从中感受到什么。她提的问题太宽泛，我略做沉思仍不得要领，只说看见了孩子的眼神。她先沉默，忽而大乐。后来她说，本想让我体验那种学习境界，静美、幽雅、曼妙，透过照片能隐隐闻到的书卷气，她在主持小组合作学习，学生那么投入，老师的偷拍丝毫不曾破坏那份专注。一个个孩子眼神纯净、明澈，似清可见底的一泓泉，这才是我心目中学生最理想的眼神，不带一丝杂质的童真。老师呢，那个举着手机，站在他们背后注视他们的眼神，也该暖融融、清凌凌的。

多年的老师生涯积习难改，课堂讲课时我习惯了与孩子眼神的交流，看他们是否对我天花乱坠的解读感兴趣，是否跟着我的思路有所感悟；找学生谈话时我让孩子直视我，看他是不是有足够的胆子支撑自己的诚实。我不知道我即将昏花的老眼透着慈爱，还是残存的威严，好多家长说他们的孩子最怕我的眼神，躲着，绕着，不敢近距离直视我，怕被我审视，怕因一言有谬招致责备。孩子干了点小坏事，忘了回家作业，同一个失误屡错屡犯，垂着眼皮等待发落，我跟学生谈话时话不多，让孩子看着我，目光或澄净大胆，或躲闪游移，或狡黠或黯淡，我能揣摩他的心理活动、他的秉性。

很长一段时间里，我一直试图比较那两个经常搭档惹事的孩子，他们的共性与个性。接班以来，随着个头的蹿高，他们惹事的频度不断创新高，胆略与隐蔽性也呈上升态势。他们坐在教室最后排，任凭班主任最大限度地隔离，课上常见两个人莫名地会心一笑，课后玩耍如影随形，女生、小男生饱受他们欺负，一天没有他们的状子太阳不落山。他们家长是学校常客，每次来臭骂一顿孩子，当着老师面揍孩子。收敛三五天，孩子老毛病复发。家长两手一摊，说要打要骂随老师吧。某日他们中有一位缺席，班上能太平一天。这样的孩子往往被老师下"不可救药"的定义，一提名字总是以摇头开始以叹气结束。一日，班主任跟我说，某某其实并不"坏"，他的眼神还很单纯，而另一个的眼神很复杂，早不像这个年龄的孩子了。对了，我们三人交流时数学老师也曾那么说。那个孩子，平时从不正眼看老师，眼皮一抬，眼角一瞥，用余光一扫，一脸漠然。他眼中从无惶恐，他伪装的无辜，辩解时的狡猾，遭同学异口同声责备时的仇视，转身回去落座时的大大咧咧，都是十岁出头的孩子不可思议的。见过他母亲后，我从中找到一些答案，这位胖胖的母亲能说会道，眼神霸道、凶悍，往往在我说第一句话时，就有十句话候着我，总认为老师错怪她的孩子。这样的谈话没法进行，每次草草收场，更别奢谈效果了。这个孩子长大后会怎样，我是有些担心的，但鞭长莫及，一介小学老师无力一路跟踪他的成长。

眼前这位胖胖的男孩，以大而无神的眼直勾勾地看着我，历时一分钟眼都不眨一下。粗心的我一忙起来不时忽略作业本的清点，担负着大队部工作的组长兼班长经常忘记及时收缴作业。有时我突然想起什么，问他可欠着我作业，他呆呆看着我，撅起屁股翻书包。他拖拉作业已然成恶习，有时下一次作业时他闹着没发到本子，我让他自己找，他总能在书包夹层、桌子角落找出作业残片。他的练习本、练习册与他写的字一样破损、一团糟。他倒不太说谎，与他对视几分钟，看着他眼眶湿润，泪珠由小变大，终于挂不住，滚落腮边。一个父母不管的孩子，光靠老师，靠他不太识字的农民爷爷轻描淡写地唠叨几句，是很难改变的。放学后他倒坐在爷爷的三轮车车斗里，抿着冰棍，喝着果汁，嚼着烧烤，一脸若无其事的幸福。

还有一个不做作业的孩子比他厉害，光看这小男孩的外貌，白白净净，戴着眼镜，无论如何不会与差生挂钩。他沉湎打网络游戏，书包里时常有新款的手机，在某些方面班上男生很佩服。但他不肯做作业，即便做，极度潦草，乱写一气。他有时玩小聪明做点张冠李戴的买卖，说记错了。有时候随便拿一个本子当回家作业糊弄，我向他要作业，他故作一愣说拿错了，然后去书包翻找。我很耐心地等在他身边，他信誓旦旦保证，说要不打电话让妈妈送来，一脸诚实相。我探头出去，看到他的身影在厕所拐角一闪，跟过去。他当着我的面给母亲打电话，最终的结果似跟母亲演了一场双簧。一个以说谎为常态的孩子，眼睛里看不出恐慌，看不出狡诈，甚至看不出内容。他的眼神放空，读不透，有时我开玩笑，说他很适合地下工作。

十二三岁的孩子，由于家庭成长环境的不同，非智力因素分化严重，有的少年老成，有的如幼儿天真。有一位好动的女孩，上课爱玩手里的文具、折纸，在我提醒时调皮地看我一眼，继续埋头做小动作。有次我批评她写错了字，她噘着嘴，嬉皮笑脸地看着我，突然问，老师昨天去吃喜酒了？她的不懂事让我哭笑不得。一位一直以学霸闻名的女孩，近期考试总在第一道选择题出错，越怕就越出错。细看试卷，一道题答案改过几遍，我问她做题时究竟怎么想的，试图帮她找到思维短路的原因。她怔怔地看着我，轻轻摇头，眼睛里起雾了。我连忙终止谈话，她背过身去时在抬手擦眼泪。

我理想中，孩子注视世界的眼睛是放光的，上课时饥渴，受褒扬时甜蜜，对老师崇拜，对他人羡慕，偶尔犯错挨批，眼睛里千万别揉进悔恨以外的其他符号。是不是我过度的峻厉，家长们不适当的教育方式，让他们的眼神失却了本色。聊以自慰的是，我课堂上的孩子，他们的眼神与“春风化雨”班上的孩子无异。忽然间我想起金曾豪先生的话，儿童文学作家的眼睛里有孩子气。我偷偷观察这位年逾七旬的老人，他的眼睛里是令人惊讶的清澈。是他多年职业修炼的自然流露，还是他的特质决定了他的职业？兼而有之吧。本质的东西是学不来的，我不具备这种固有的特质，所以无法从事儿童文学。我也是从孩子过来的，天天与他们打交道，却未必真正走进过孩童的内心世界。作为老师的我，这份欠缺无以言说。

“春风化雨”是当班主任的，她说与我同感。她班里有一位中途插班的孩子，平日里不太合群，自私、小气，爱占小便宜，且有些霸道。按理说，个性与品性是两码事，只要不伤害别人，老师也不能过多干预，但这孩子把个性张扬到极致，班上孩子都不喜欢他。

春节后，班里一位孩子从老家带来很多怪味豆腐干，意欲送给老师。老师颇感为难，收，不收都不好。老师灵机一动，问这位孩子，可愿意将你家乡的特产让老师与班上同学共享？孩子说愿意。老师先尝了一块，那真是一个怪，还有说不出的好，入口，初嚼，细嚼，回味，一次次对味蕾的安慰都是不同的挑战。她提出一条建议，实际上带着暗示，让这位孩子按照自己的意愿发豆腐干，打破座位号，决定先后顺序，决定给谁吃不给谁吃。学生派送完毕，唯独那位自私的同学被遗漏。老师视而不见，只顾与学生开始品尝，问学生味道可好。学生说好。好在哪里？学生纷纷举手。学生有滋有味，有说有笑，有的故意夸张地咀嚼，唯独那个孩子低着头，品尝着被众人抛弃的滋味。老师问，为什么不给他吃？孩子抢着说着子丑寅卯。"春风化雨"告诉我，她的视线始终没有离开那位学生，那一课的心灵冲击将使他终身记取点什么。可喜的是，那个孩子从此像换了一个人似的性情大变。任何形式的脱胎换骨是需要痛感的，"春风化雨"说，她从孩子的眼神里读到了痛，这个痛是别人无法替代的。

　　痛过，一切回归纯净。只是他不知道，那一刻，老师也痛。

给每个孩子一片晴空

"同学们，你们心目中哪个老师最好？"

"陈老师。"

"哪个老师最凶？"

"陈老师。"

全班学生回答得异口同声，脱口而出，连思考过程都免了。童声的语调有些夸张，句号或感叹号都不太合适，或许破折号更能准确表示延长的尾音。期末的教师民主测评，每个学校的做法不尽相同，有口答有问卷，由教导处主导或德育处担纲。目的一致，一则积累管理资料，二则了解教师工作。这一招，在领导层面属例行公事，老师却有些恐慌。小学生尚未构筑客观理性的评价体系，偏颇于直感与个人喜恶，所以"满意率"之类的统计数字仅作参考，只要不太邪门，领导找谈话的概率很小。况且，负责测评的领导，其导向与测评形式都能影响最终结果。

难道她没有责罚过学生，被责罚的孩子居然甘心说她的好？学生在私底下，在避开老师的场合，在一个富有经验的测评者的引导下，表达的意愿还是比较真实的。最好与最凶，是不是代表了学生的敬畏，意味着她的恩威并用？绝大多数时候，小陈接不到"好"班，人数多，外地生多，问题学生多，人高马大的男老师尚且头疼，一个身子屠弱的女子势必更吃力。她也批评学生惩罚学生，但不训斥不体罚，她说出发点不同，给学生的感受不同，效果也不同。比如，你观察过学生挨剋后的眼神吗，是难过是悔恨，是委屈是仇视，是泰然是漠视，如果忽视这点，把责罚当成最终目的，或带有出口恶气的况味，那还不如选择无视。

老师从六年级回到四年级是很痛苦的，陌生的班级，突然缩小的孩子，师生互相适应都有个过程。有的学校重新洗牌，以抓阄确定接班老师，貌似公正了，却多了个学生之间的磨合过程。不重新组班呢，班风、学业、家长等诸多因素三年累积的差异，又给安排带来麻烦。能者多劳，经验丰富、态度负责的老师永远别指望受眷顾，领导连哄带骗几句好话，两手一摊困难一摆，让你一个跟头又扎进去三年。棒槌落定，喘口气，你还得乖乖拿起点名册，跨入新班。或许你之前就开始做功课，找前任班主任了解点情况，掌握几个典型人物，让即将展开的工作少走点弯路。小陈呢，领导刚想着找她谈话，她说免了，拿她的话说就是"知道躲不过的"，当然也会嘀咕几句，算出口气补偿吧。

有一轮次，小陈接到一个非常难弄的乱班，原班主任庆幸自己的解脱，转而以同情的目光看着她。小陈看着一纸密密麻麻的陌生名字，拒绝了她的好意，她不想将原班主任的固有印象植入记忆，以别人的经验干扰自己的正常思维。此时对所有孩子都是一张白纸，她决定先观察一阵子，不动声色，让所有的印象建立于孩子的表现。她没烧一把火，没大呼小叫订立清规戒律，没有给学生一场下马威式的洗脑。开始几日，孩子也在观察她、试探她，不敢轻举妄动，过几日，似乎听说很厉害的老师不过如此，于是终于蠢蠢欲动露出本相。蛰伏一个月，再看这张名单，一个个孩子的脸在眼前鲜活起来，她笑了。这个从底楼升到三楼，屡次端到班主任例会，一直以乱闻名的班级，乱的程度，乱的根源，乱的表现形态，在她心中由感性到理性渐趋明朗。

没啥绝招，小陈先把自己钉在教室里。脱离监管的早中晚，是班里最乱的时段。她搬个凳子坐在门口，批批作业，做些案头工作，带本杂志翻翻，沿着过道转转。一看老师在，孩子乖乖做作业，读课文，看书，难得的交头接耳也尽量压低了声音。小陈说，老师没事，你们该干啥还干啥。孩子似信非信，胆大些的终于坐不住的呼朋唤友开始课间游戏。老师发话让他们玩，总是笑眯眯地看着他们，孩子不会无视老师存在，活动天地、幅度、强度，说话音量、用词都有所收敛，出格的吵闹少了。有时候，小陈也饶有兴趣地加入，与孩子一起玩，这个时候孩子看到的不是板着脸的老师，而是一个大孩子。孩子的学业紧张，过早地承受了来自方方面面的压力，得适时给他们一个释放的出口。做老师的都有体验，你从鸦雀无声的教室转身离开，才脱离孩子视野几步，教室里顿如一颗炸弹爆炸，你杀个回马枪脑袋在窗口一探，孩子突然噤声，手舞足蹈的似被点了穴，尴尬几秒灰溜溜地回到座位，孩子们一脸惶恐坐待发落。小陈也杀过回马枪，但不恼不愠，孩子从她脸上看不到山雨欲来。六年级有篇命题作文《老师不在的时候》，孩子说："老师不在的时候，我们干了些什么，只有我们自己知道。"背后乾坤老师是难以见到的，但那是孩子最真实的一面。

我们往往被某些优秀事迹、经验介绍所误导，爱护、关爱一类的动词赋予了形容词的色彩，事实上，很多老师的"爱"停留在嘴上，总结在文字里，他们注视学生的眼神中缺乏温情，缺乏暖意，即使有，只对乖巧、聪慧的孩子，吝啬于其他孩子。小陈看孩子的眼神柔柔的，愤怒时也带着爱意，不厌恶，不嘲讽。眼神是藏不住真情实感的，别以为孩子少不更事，他们能读懂老师目光里的爱。这种爱有多重境界，是老师对学生职业性的爱，是对所有孩子母性的爱，还是对于一切生命状态的尊重与悲悯？小陈说，时常在不经意间忘记了孩子的学生身份，就把他们当作孩子了。她说"爱，需要表达"。随意间的一瞥，不经过大脑的一句话，偶然时的一个细节总是很真实的表达。有时我调侃她，你那么爱孩子，不见得把孩子抱手里吧？她说真给你说对了。班上女孩身体不好的时候，她就是抱着抚慰，摸额头揉肚子擦眼泪。有一个类似"上学恐惧症"的小女生，每天家长送到校门口就嚷肚子疼，"来，陈老师抱。"孩子安分了，久而久之把老师的怀抱当作精神鸦片了。小陈抱了她几年，直到孩子羞于"肚子疼"。小陈从小对亲情缺失有切肤之痛，她的博文中把班主任工作单列一类，"给每个孩子一片晴朗的天空"，这句话，是她一篇文字的题记。

历年的博文中能找到小陈家访的记录，有文字，有照片。照片上的她一脸灿然，与学生母亲攀肩站在学生家里。看得出，这几户家境都不太好，家长的装束也土气。如今，还有多少老师遵循着家访的初衷？把家长叫到学校替代了老师走街串巷，以行政命令为主导的"集体家访日"演化为走过场式的应付，针对特定对象的家访变成了告状的代名词，极少数人骗吃骗喝的动机又被融融乐乐的表象所掩藏。小陈的家访，目的是了解孩子的家庭背景，从中发现问题，给家长提建议。孩子的教育是社会、家庭、学校三者的结合，多数人把失败的主责归咎于学校。小陈觉得，家庭才是孩子成长最关键的因素，百分之百的问题学生，都来自问题家庭。她当班主任，针对学生个体与家庭教育背景间的内在联系，不是让家庭配合老师，而是老师配合家庭做工作。所以她把班主任工作的重点放在家长身上，她似一个导演，把教育孩子的主角让位于家长，培养家长做家长，教会家长如何当合格的家长。

当下，老师与家长间的纠纷不断，一件小事往往弄得沸沸扬扬。老师们缩手缩脚、束手无策，顾忌、埋怨家长不好伺候。小陈与家长相处融洽，从不见家长找碴儿。这轮接新班时，好心的前任班主任告诉她，某插班生家长很难缠的，动辄威胁老师。果不其然，言谈间，这位家长直言与校领导关系很好，当初就是仗着这个进来的，不顺心的话他有"绿色通道"。小陈说，我不管你孩子是怎么进来的，到我班上就是我的学生，我会一视同仁，一言一行接受家长们监督，有意见或建议尽管与我联系。小陈的话不亢不卑，把家长意欲表达的优越感及其背后的潜台词，巧妙转换到自己的工作态度上。家长觉察到小陈言语中的分量，一时语塞。回到家里，多次询问孩子，陈老师怎么样？孩子说，好！对每个孩子都好。此后家长都以另一种面目出现在小陈面前。一次玩闹时，一个男孩被人推到地上摔掉了一颗门牙，孩子已过换牙期。类似的事件多多，由于家长不依不饶，处理棘手、周期长，最终学校与肇事学生家长赔钱了事，有的甚至上法庭。小陈没惊动领导，一个人处理圆满，不留后遗症。事后，两位学生家长都去感谢她，受伤学生的家长竟想请她吃饭。不要以为其间的处理过程很复杂，她说工作做在平日。首先家长服她听她的话，其次她根据调查，明确告知家长是受伤学生先去惹事，再次，她以自己的言行，让家长感到她已经尽力尽职，家长全程没一句过激的话。有时说起这类纠纷，小陈说不要责怪家长，问题都在老师自己身上，出事难免，家长对老师穷追猛打，不是针对教师这个群体，而是针对某位老师。

你没见过小陈评选"三好"学生，真的公平公正公开。她摊开所有评选条件，让学生对照条件，自己申报，最后由学生民主选举。整个过程老师不拿一分主张，比关起门来老师评选更具公信力。作为一个普通老师，排除所有的干扰，不夹杂丝毫私心杂念，是需要一点儿勇气的。脱手放权于孩子，学生信服，家长信服，任何人都无话可说。不要看孩子小，由于老师不公所造成的伤害，会让他们终身留下阴影。

　　说话间，中考结束了。班队课前，小陈发几分钟呆，策划一次别出心裁的期中总结。忘说了，小陈爱吃零食，包里、抽屉里的小吃琳琅满目。她把一大包零食带到班上，对孩子说，今天老师买了好多好吃的跟你们分享，但有个条件，只有半学期表现好的才有资格享受。她让学生首先推荐表现突出的十名学生上台，任其挑选一样爱吃的零食。接着推荐表现较好的若干名上台挑拣，然后推荐某一方面有进步的……这样下来，还剩两样零食，再也找不出推荐的学生，就此打住，最终仍有十八个学生未吃到零食。她说，你们记着，这是老师自己花钱买的，期末时我将买更多的"好吃的"，想吃不难，看后半学期表现。我说既为分享，会不会伤害余下的十八个孩子？她说，也曾有那么瞬间闪过恻隐之心，但不硬一下心肠，我这节课的价值就归零了。孩子真在乎一小包零食？它是一个精神符号，与奖状、积分卡、荣誉墙里的五星有着类似的价值。孩子毕竟是孩子啊。

　　小陈把班主任工作做得那么有趣，不是单纯的技巧，而是一种学养。高手的极致，是随心所欲。似宋代文人画中的大写意，扬弃工笔细致的写实框架，推向创意自如挥洒自由。而这，都是书本上学不到的。

孩子，我究竟想让你怎样

初中有一道奥数题，我不知是将它归到数学、物理还是生物。说有一只熊，从一个陷阱掉下去，它的加速度是每秒十米。请问，这只熊是什么颜色的？学生答不上，家长也答不上。有位家长请教高中老师，老师说，怎么会有这样的题目呢？请教大学老师，大学老师引经据典，条分缕析，说按照牛顿定律，地球上重力加速度是每秒 9.8，南极和北极的引力稍大，加速度大些，而南极没有熊，北极熊是白色的，所以答案是白色。学生拿到学校，老师说，错！正确答案是灰色。

老师也有他的道理，而且还有标准答案，我不待细说。但我想，姑且不论这题是否科学，学校教育的终极目标，就是让学生像猜谜语一样地钻牛角尖，说得冠冕堂皇一点儿，就是要培养学生如此应试吗？很少有学生怀疑这道题的合理性，很少有家长诘问这种教育的合理性。当孩子哆哆嗦嗦地把没完成的作业藏起来的时候，当孩子战战兢兢地将试卷拿出来让家长签字的时候，大声地呵斥乃至殴打总是让孩子连带他幼小的心灵一起颤动。还好，这只是一位家长的理智的喟叹，但我宁肯相信它是一段黑色幽默。

夜晚，在星星闪烁般的灯火下，无数个孩子，在其父母严厉的的眼神中，匍匐在写字台前书写着数千年积淀下来的所谓文化知识作业。文化，这个原本非常优雅的词汇在其传承的过程中时常像驯兽一样残暴。然令人悲哀的是，这种方式培养出的孩子，没有雄狮般的傲傲风骨，却有绵羊般的唯唯诺诺。

我是个老师，也是个家长。很多时候，我也失却了职业的理性，让这个时代的浮躁颠簸得六神无主。有时连自己也不知道：孩子，我究竟想让你怎样？

曾经有这样一位母亲。丈夫英年早逝，只留下一个相依为命的儿子。这位母亲没有正式的工作，靠着打短工勉强度日。孩子长大了，上学了，也不负母亲的苦心，考取了本科，又考取了硕士。母亲越来越觉得不堪重荷，指望儿子能早早工作，分担自己的压力。不料，儿子又义无反顾地选择了读博士。母亲的内心没有像其他的家长那样的欣喜，相反很担忧。儿子进入大学以后，假期也很少回家，偶尔打个电话，也是要钱。至于母亲的身体，母亲哪来的钱供他，他从不过问。母亲去了儿子所在的学校，从儿子同学及老师那里了解到，儿子学业优秀，但很自私，跟他人也很难相处。母亲与儿子进行了一次长谈，儿子终于祖露心迹，说自己拼命读书是为了逃避工作。母亲伸出双手给儿子看，说，那你读完了博士，还要读什么，总不能读一辈子书，做一辈子学生吧？儿子拗不过母亲，回家乡当了中学老师。以后的日子里，母亲时刻关注儿子，教他如何做人，如何与同事相处。儿子觉醒了，人性在他身上得到回归。这位母亲识字不多，但她始终认为，一个感情麻木缺乏爱心的人，你让他念再多的书，对家庭对社会都是废品。在所有的家长不惜以命换钱，为孩子建造学业的通天高塔时，他们片面理解了自身的责任。这位母亲不同，她反对儿子继续读书，国家少了一个学子，但回归了一个儿子。

　　并非所有的人都能配得上儿子这个称呼。先来看看家长付出了什么。儿子进入幼儿园的时候，每一个母亲都曾在教室的窗口上张望，她将一个天真颖悟的孩子交给学校，二十年以后，学校将还她一个怎样的青年？我们这个时代，"要生育还要生存"，"房奴＋孩奴＝一生为奴"，类似的苦涩调侃在中国"60后"群体中引发了空前的共鸣，也催生了一个新的名词"孩奴"，孩奴的恐慌在新一代中迅速蔓延。《读报参考》曾用大量的篇幅讨论过这个问题。当今世界，就连推崇"十八岁自立"的西方，随着独生子女的普及，"孩奴"现象同样在萌发。产生这些问题的根源何在？关键在于观念问题。中国文化一直以家庭为中心，以前是向上的，以"孝"字为中心；现在是向下的，以"养"为中心，将孩子看作现实生活中的一切，使得我们以家庭为中心的这一传统观念变本加厉地畸形发展。中国人讲求实际，物质的付出被看作是爱的主要形式，以物质投资误导智力投资，而缺乏对孩子的人格价值观的培养与尊重。我一方面很敬佩他们对孩子那超量的爱，另一方面，我又同情他们并不真正懂得如何去表达爱传递爱。

　　但愿我们不要做事后诸葛亮。

　　读过新近出版的《妄谈与疯话》一书。其中有篇文章叫《比素质教育更重要的》。讲在上海，一个五岁的孩子，古筝学了两年，英语学了一年，绘画学了两年，芭蕾学了一年，接着还要参加奥数班。作者感叹道，掌握这么多的才艺，以后究竟要做什么？在当今的城市或沿海发达乡村，这个现象不是个别的。周国平在《让家长们结束恐慌》一文中，讲北京市初中招收特长生的时候，一位家长拿着四十多份证书给孩子报名，引得其他家长的羡慕。或许很多家长看到的是荣耀，我看到的是扭曲和辛酸。

　　盲目的从众，是我们这个社会转型时期的通病。前文说过，中国家庭是以孩子为中心的，家长觉得，别人的孩子有什么，我家的孩子也应该有什么，否则就是亏待了孩子。他们不管自己的孩子是否有这方面的细胞，反正花钱就是投资，投资就有收获。家长总会问我：你给我参谋参谋，我孩子学什么才艺呀？跆拳道，舞蹈，还是打乒乓？钢琴，二胡，还是古琴？我答不上话，因为我的孩子没有学。这种盲从也反映在择校上，搞关系，赞助费不必细说。过了这两关，还有面试，缺才少艺的就吃亏了。主管部门发现不对，连忙踩刹车，一刀切，此路不通，家长争抢学区房。

每每看到这些孩子随父母奔波，星期天寒暑假没有休息，晚上还要在父母的陪伴下练习。我总会想起一段经典的对话：记者问山里放羊的孩子："为什么不去上学啊？"答："放羊。""放了羊干吗？""挣钱。""挣了钱干吗？""娶媳妇。""娶了媳妇呢？""生孩子。""生了孩子干什么？""放羊！"不要以为我们这些孩子比放羊的孩子有多幸福，在我看来，是另一种不幸。

这就是所谓的素质教育吗？对素质的狭隘理解，以及社会病态的功利观念，导致这个市场良莠不齐，徒有虚名。有个学生，古筝考过六级，六一庆祝活动时，我要她弹奏一首儿童歌曲，她说不会。我说怎么可能呢？她说除了练习曲，其他都不会的。你说这是素质吗？音乐家阎肃，放牛娃出身，就靠一支短笛瞎琢磨，日后却成为我国乐坛的泰斗。两年一度的"央视青歌赛"，文化素质测试也是一大亮点，有的题目简单得连小学生都无需思考，但选手愣在那里，离题万里，洋相百出，作为评委，余秋雨闪烁的话语和极度尴尬的表情，让人感慨。退一步讲，艺术素质该是他们的强项吧？也未必，有些选手视唱模唱也很糟糕，原生态的另当别论，许多还经过专业训练。

培训了干什么？考级。大课每节五十，小课一百二十元。你要把孩子培养到八级九级，不知要多少人力物力。我对那位家长说，别指望将来多少人靠这个吃饭，中国只有一个朗朗。

接着《比素质教育更重要的》这个话题，很多素养，其实不必花费大价钱培养，注意生活中的每个细节，就可以塑造出一个好孩子。素质，与素养有着本质的区别。

培养孩子健全的人格，这比什么都重要。

另一个生命世界的冥悟

　　铃声起时，她站到一个陌生的讲台，面对一群陌生的学生。她来送课。听课的"土著"老师十人，一男九女。连同我们三个同行，相比其他公开课，有些浪费资源。可这，已经是这所学校排出的最大听课阵营了。

　　每次送课，都是"点菜"，不让我们"配菜"。特级教师作课，都是"配菜"，反复演练，烂熟于心。像名家的经典唱段，保留曲目。有次某校特意点于永正上《为人民服务》，于老多个讲座里提到这事，说明印象深，主办方似乎掂他分量。政论文难上，估计也没其他课出彩，不想，却成了他讲座中的经典。无"特级"资质，自然不敢有"特级"的做派。点什么，上什么。好在我留了一手，每门课点两个年级，不至于派不出人，倘反过来跟对方协商换课，总感到失了学校的面子。

　　"小朋友，我姓朱，愿意跟我交朋友吗？"她以一个简短，不乏鼓动性的导语开始，恰到好处。导语在专家的嘴里，全凭想象放大了作用。放松、沟通、亲近之类的形容词，如口吐莲花，一冒一朵。

所以，没有哪个老师忽略这个环节的。又问，"我叫什么名字，你了解吗？"答，"你姓某，是特级老师。"老师笑哈哈地点头，作势谦虚几句。颇有意味的是，很少有听课的老师以小人之腹想到这是作秀，事前做足功课，唯恐因孩子回答不够流畅而给大腕老师不恭的印象。这一手，如今迁移到各个场合。譬如发言前，总有一个或几个冗长而肉麻的开场白，传销语言中分享、收获、成功一类的词语，外加令人作呕的语态。各层次听众反应是不一样的，颔首点头，不经意撇嘴，一脸漠然剥指甲……孩子的反应更真实，透亮的眼眸注视着这位陌生的老师。

《蚂蚁和蝈蝈》故事简单，情节与《寒号鸟》雷同。童话作家难免落入窠臼的，想每个故事都创新是不现实的。意象化的动物形象在儿童阅读中反复强化，教育意义在认知与生活的对应。我们学校把童话作为语文教学的切入点，给"方圆课堂"这个听来时髦，界定含糊的语汇找到一个抓手。一堂一年级的课，又要渗透思想，又要语言训练，多吃力。老师是孩子过来的，但永远走不进孩子的世界，就像我们对其他动物世界的了解。童心或能缩短点距离。她有童心吗？没有，但课堂上有。童心明澈，不在语言的孩子气，在眼睛的明澈。听课时，我会注视老师的眼神。老师的最佳角色，是在成人与孩子间不断转换，甚至合二为一。老教师是做不到的，浑浊的眼珠，以及过多的世故，让他们远离童话世界。男老师也是做不到的，亲切和慈祥一不小心变成了娘娘腔。这个年龄的女教师正合适，你认同也好，排斥也罢，不是所有老师都适合低年级童话教学的。

她气定神闲，把控着课堂的节奏。前一节数学课，新教师掌控不够，导致拖堂。民工学校的孩子，读文甭说了，读词都是唱读，听着很不舒服。轻声不到位，每一个词语都要纠正几遍，表达性的朗读更是不知所以。老师很吃力。她并不过多地纠结于此，只在几处重点地方着了重墨。好比老师批改作文，不能满篇都是红墨水。孩子还小，不到半节课开始走神，手脚不安分，眼神游离，身体晃动。后排听课老师开始用眼神制止，站起身低声叱喝。骚动依然，无奈，习惯就是好的定力，这不是一天两天练就的。她不得不提高嗓音，利用指名发言的机会，给有些孩子一个委婉的提醒。不经意间，她蹙了一下眉。在别人班里上课，如同借用陌生的炊具烧菜，再巧的巧妇也会打了折扣。

她的课，给人流畅的感觉。一切环节都水到渠成。细细听，她每一个环节间都有过渡语言，衔接自然。仿佛是一个剧本，剧情发展都在情理之中。听课如乘别人的车子，打多少方向，踩多少油门，你想象自己开车的所有细节，似乎以你的脑袋指挥着，那一定是熟手。莫名其妙一脚刹车，一个危险动作，该提速时车子像中了感冒，该减速时仍横冲直撞。你惊出一身汗，恨不得中途下车。课堂的预设与生成考量老师的功力和应变，预设好比导航系统，生成是根据路况做出的微调。她的课堂很明显有一个主干，蚂蚁、蝈蝈各自的表现，随着季节的转换产生奇妙的对比。课堂结束后，再盘点，你会觉得每一个环节都不是孤立的，就连开始时复习过渡的词组朗读都带有明确的指向。老师的铺垫、暗示，为孩子的臆想、顿悟服务。顿悟，在过程中。勤劳这个词汇，塞给孩子很容易。简单化的处理也能达到目的，单从作业情况看是看不出差异的，学生不是接受几句干巴巴的说教。来年，蝈蝈会怎么样？这是一个开放性问题。小学阶段几乎所有揭示性的训练，都是这个模式。如果再有大雁飞来，兄弟俩该怎么办？小骆驼与小红马又一次在河边相遇，它会说什么？孩子一旦进入另一个生命世界，他也是童话中的角色。童话世界多美呐，失去童心的听课老师是全然体验不到的。

语文课不同于文学欣赏课，师生互动亦即双边关系，在训练环节中尤为突出。一堂课不可能面面俱到，选择合适的训练点，从教材出发，由老师对整个学期、学年通盘考虑。她选择了"有的……有的……个个……"作训练点，先从文中现成的句子着手，接着在这些场景上展开想象，最后离开特定的场景，迁移到文本外的生活、学习场景，此谓梯度。学生的语感大致源自直接经验，文本与生活的对接需要思维，文本抽象到语法范式需要思维，这就是练，老师不可越俎代庖。

同题作课在近年的教研活动中很时尚，以往以两人或三人流水衔接，完成一个整篇，如今流行平行式。相同内容，更具挑战性。两人三人的课，放在一起，在比较中甄别，特色与优劣了然。所憾与民工学校的同题作课没搞成，变成独角戏了，他们老师畏难，就计划下学期，也给个梯度吧。

她的名是一种木本的花，花期短，先开花后长叶。听觉与视觉的转换，你马上会想到上海，想到上海电视台的台标。在我们乡下，女子以花命名的很普遍。闲聊中得知，当初母亲怀她时，长辈送了一件当时说来很稀罕的女式羊毛衫，是否沪产的已无从考证，但作为纪念，女孩延续了标牌的名儿。名字是个随意的符号，当你熟识了以后，一个符号对应一个形象，身姿，步态，声音，一个习惯表情，一个时段里的装束。你听了几节她的课，你觉得她形成风格了，那就是她上的课。

在现实中的蚂蚁，还是文学里的蝈蝈，对我们来说都是另一个生命世界。在它们的世界里，我们人类也是另一个生命世界。再精彩的文学描述，总是臆想的结果，无法抵达本真，但是我们可以无限接近。有机会再听听她的课，看她带着孩子，进入另一个生命世界。

把梦想变成铅字

　　学生时代的我仰慕作家，但不敢做作家梦，我一直觉得作家高不可攀。我不像其他同学惧怕作文，相反有些盼望。老师多次在作文讲评时读我的作文，还让我仔细誊写在稿笺上参加全校作文展览。我发表的第一篇文章，是初中时学校油印的小册子。在学生时代，我的作品始终停留在钢板刻字而从未变成铅字。如果早几十年有《小荷报》，该有我的一席之地吧？《小荷报》创刊的时候，我已经从学生变成了老师。有一回，班里学生在《小荷报》发了篇习作，那个孩子异常兴奋，全班学生也如过节一样狂喜了几日。这情景让我感染，让我嫉妒，比我当初拿到油印作文选时更给力，因为那是正儿八经的铅字报纸。

　　分管教导时，《小荷报》的征订、分发、组稿便成为这个岗位的一项重要工作。每期的报纸一到，我总在第一时间把它送到各个教室。当每个孩子的视线如被一股磁力牵到报纸上的时候，教室里呈现少有的静谧，唯有油墨的暗香在这特定的时空里如兰韵般流淌，这是一种非常难得的境界。我曾对我的学生说，没有文学氛围的民族是贫穷的民族，缺乏文学修养的人生是残缺的人生。我并不指望一个小学生能理解这句话的全部，就像犹太人给摇篮里的婴儿诵读圣经一样。诚然，孩子们翻阅《小荷报》的动机更单纯、实在，看看小作者里有无熟悉的名字，找找有没喜爱的作文，想想是否有值得借鉴的地方。或许，正是这实在的动机，架起一把文学的阶梯，成就一个孩子的文学梦呢。当然，未来不需要那么多的文学家，孩子因这份报纸而滋养阅读与写作的兴趣，而孩提时代的兴趣往往伴随着终身。

我的学生包括我所任的班级，辅导的文学社，还有我的女儿。我从每期报纸里推荐两篇，让他们重点研读，研究题材的挖掘，中心的提炼。精彩部分如经典一样熟读成诵，几年下来，孩子的肚子里装着几十篇来自本土的优秀习作。同时，我组织学生写稿，推荐稿子。我崇尚原生态式的展现，所以不提倡帮学生修改作文，仅仅提修改建议。这样作比我亲自修改费时费力，但对于学生，得益的不仅是文字，还有做人之道。因老师的润色获得发表的作文，会给孩子带来什么？有一次，学生向我举报，说五年级某学生抄袭，并拿来原文。举报者一闹腾惊动了家长。这件事我处理得及时，也很耐心，没有给那个孩子留下任何阴影，但给了她一次深刻的教训。孩子后来上中学、大学，一直感激我对她自尊心的保护，并铭记我的忠告。

学生在多次投稿失败后，有些气馁，写稿也不再积极。我常常对他们说，全市五六万小学生，一年能上《小荷报》的不到百分之一，在整个小学阶段能有一篇变成铅字，已经非常荣幸了。你们将来长大后，会遇到各种挫折，要自始至终以积极的心态去面对。把挫折教育渗到作文教学里，我觉得《小荷报》给孩子带来的不仅仅是作文本身，我女儿也深有体会。她从三年级开始向《小荷报》投稿，投五六篇都石沉大海，四年级时才有一篇见报，到六年级时，共发了五篇作文，其中《打吊针》还获得过大奖。大学毕业后她进入银行工作，勤勉的写作习惯与良好的写作能力，使她很快在年轻人中脱颖而出。她的文章获苏州市一等奖，全国二等奖。她时常庆幸儿时培养的兴趣，如今，写作已经成为她工作的另一对翅膀。

作为成人，很多时候不是我们教育了孩子，而是孩子教育了我们。在没有好好思辨这句话的时候，觉得有些虚伪，事实上，我就是从孩子身上得到的动力。天真的孩子曾经问我，老师你也写作文吗？

以前的老师在教孩子写作文时，自己首先要写篇范文，即下水文。如今还有多少老师这样做呢？配套的作文教材，便捷的网络，为教师提供了丰富的教学资源，同时也造就了老师的惰性。我为自己定位，当一名能写文章的老师。前辈很多文学家都是老师出身，做学问，写文章才像个老师。我写孩子看得懂的下水文，也写孩子看不大懂的散文小说随笔。我在学生身上，在女儿身上延续着儿时铅字的梦想，并拾起被世人丢弃的作家梦。当我把新出版的散文集作为奖品赠送给优秀学生的时候，我从孩子清纯的眼眸里读到了希望，从全班同学羡慕的神情里看到了我潜在的价值。我恍惚觉得自己站在初夏的池岸，看微风中的荷塘，那一池挨挨挤挤的荷叶，多像孩子们圆圆的小脑袋啊。

有位朋友向我请教，他是很有名的作家，儿子写作文却一塌糊涂，他很是着急。他的求教不是黑色幽默，让我想到一个很多老师忽略的问题：学生作文与文学作品究竟有多少异同，反思自己的作文观，是否过分强调文学性呢？所幸自己能如此这般回答他，作家朋友虔诚地听着，频频点头，他认可我的观点：作文是复杂的教学问题而非单纯的写作问题。

前不久，文友将我的文字转载到论坛。论坛是藏龙卧虎之地，我一直以低调谦卑的姿态出现在网络，好评不骄，歪评不恼。读者群体中，有我学生家长，有我曾经的学生。一个网民留言："这是我小学阶段的语文老师，我一直很敬重他，印象最深的是他教我们写作文，鼓励我们向《小荷报》投稿。"我无法判断这位学生的身份，但他还记得我，还记得《小荷报》。

　　但愿更多的孩子记得《小荷报》，记得曾经的铅字梦想。

让每一朵鲜花都灿烂

　　高校长退休后，中星学校的联系人空缺了半年。今年年初，练塘中心小学领导决定，由我接替这个岗位。其时，我所在的颜巷小学距离撤并还有一学期，领导考虑到后续安排，要求我提前进入角色。期初，市教育局通知在东吴学校召开公办学校驻民工学校现场会，我在毫无准备中受命前往。会上，局领导要求汇报今年工作思路，好在我对该校比较了解，即兴式的口头汇报，并没有让我陷入尴尬。那学期，我在坚守颜巷小学并做善后的同时，不时前往中星学校，对该校的了解也从表面切入深层。六一节，联系了常熟工商银行，工行团委派员赴中星举行了一次助学活动。

　　秋季开学后，我心无旁骛地正式进入角色。中星学校的前身是浙浦中星小学，三年前由商城迁往建华村。该校现有学生一千二百人，从幼儿园至七年级（初一）二十多个班级，四十多位专任教师。

　　我在学校橱窗前驻足。专栏里整齐地挂着老师的十寸照，董事长和校长就是老板夫妇，以下是他们聘请的副校长、教导主任其他中层和全体老师。我的位置在第三，给我简短的文字介绍是"局派校长"，我无意流连自己因技术处理而变得稍稍年轻的形象，也懒得思索这个称呼是否规范，但这个上墙照一下子让我感到肩上沉沉的担子。

教师节那天，董事长（老师和我习惯称他老板）邀我参加联欢。借此机会，我认识了所有老师，也让所有老师认识了我。学生已放学，我在教室与办公室间逡巡，从教室的布置和卫生看班级，从办公室物品与办公桌的形象看老师，最后停留在老师的备课与学生作业。备课质量尚可，学生作业质量就差远了。我重点翻看初一的练习册，正确率很低，批改也不够及时，最令人忧虑的是写字质量，用惨不忍睹来形容不会过分。我跟学校中层直言不讳，强调学生作业的重要性，特别关照要把字写端正。他们承认，又有些无奈。接着，就师资情况，教师待遇等做了一些了解，我的心头沉甸甸的。

我觉得制约一所学校发展的因素，首先是观念，而最高领导的观念首当其冲。我个人的努力，或许微薄，但至少能逐步渗透。我寻机与董事长夫妇交流，传达了教育局会议精神，而后坦率谈了自己的观点。我说，你们为民工子弟解决就学，缓解了本地公办学校的压力，从社会效益看，你们做了一件好事。毋庸讳言，办学的初衷就是经济效益，仿佛投资办企业。但学校不是工厂，不能光盯着钱字，要有远谋，如果一直在这个水平上举步不前，将被淘汰，上级提出将合格的民工学校打造成优质的民办学校，这才是积极的努力方向。既然承担了社会责任，理应将此作为一项事业，站在事业高度看国家和民族的未来。此前，同行曾告诫我，不要拿过多的大话唬人，也不要多提意见。我觉得大道理该讲则讲，但不能空讲。提意见，大多影响老板的利益，要让他多花钱少挣钱，他听不进的。联系人某种程度上起着监督作用，在严格与和谐之间需要把握一个度，否则不是对立就是形同虚设。

与老师的沟通往往换来的是苦笑。老师说待遇太低，连保险在内，全年不足三万，而且一年只按十个月发放工资。在他们看来，这份工作仿佛鸡肋，得之算不得滋润，失之不太可惜。跟他们谈理想谈职业素养不会有多少积极的回应。待遇也影响师资队伍的招聘和稳定性，一般年轻人干三四年即改行或回老家。校领导坦言，师资参差，其中不乏好老师，但也不甚勤勉。

一次听课时，我留意学生课堂上的表现。孩子清一色外地生，衣着算不得整洁，甚至脸上手上脏兮兮的，但他们清纯的目光不乏求知欲。下课时，我在二楼走廊俯视操场，孩子灵动的身影，欢快的笑声，并没有为逼仄的活动场所与简陋的活动条件所禁锢。我在围墙边的冬青树下发现点点野花，尽管被浓荫覆盖，却依然鲜艳、芬芳，是啊，每一朵鲜花都有绽放的理由。父母将他们送到这里，别无选择中包含了太多的无奈与苦涩。他们的语文朗读，他们的英语口语水平与公办学校的差距实在太大了。我能做些什么呢？

送课。此前我们每学期一次从未间断。我让中星学校开菜单根据进度点课。由于基础不同，师生互动环节不是很好。一般学校都送主学科，我觉得他们最薄弱的是术科，所以如炒菜一样，每次兼带一节科学、艺术、体育。一学期一次也太少，我和领导商量邀请他们来我校听课。通过与教导处协调，凡是校内磨课，校级实践课，活动公开课都事前通知他们。以往听完课就走，认识仅停留于感性的层面。通过参与评课，一次活动的收获就厚实多了。后来，我邀请该校教师来我校借班上课，让我校教师参与听课评课，在一定程度上，也是帮他们培养了老师。

讲座。他们曾邀请我们校长做过讲座，内容是教师成长与学校管理方面的，比较宏观。我觉得，老师最困惑的就是最需要的，比如专业思想与专业素养。老板的设想是让我去讲，对于我是个挑战。我做了一番认真的准备，走上讲台，讲座的题目就是"让每一朵鲜花都灿烂"。我以一段 2011 年感动中国十大人物胡忠、谢晓君夫妇的颁奖词开头："他们带上年幼的孩子，是为了更多的孩子。他们放下苍老的父母，是为了成为最好的父母。不是绝情，是极致的深情；不是冲动，是不悔的抉择。"我说，不管你以后干什么，既然今天是老师，就该负起老师的责任，做到问心无愧。我尤其推崇电影《一个都不能少》，一个临时代课老师对工作的朴素理解，足于让我们深思。我还结合自己几十年工作的经历，谈对教师职业的理解。我的内心不会夸大一次讲座的作用，但至少那时，或则今天对老师有所触动，这就够了。涉及老师专业意识的因素很多，境遇改善滞后并非唯一因素，思想不能滞后。我相信并要他们相信于丹所言："人最大的富庶在于爱和信念的坚持，在一个物质繁盛的时代里，仍然让世界相信：精神无敌。"第二次讲座，老板给我出题，讲语文教学。经过一周的准备，我撰写了一万两千字的讲稿《真语文和假语文》，不抄袭，很少引用名家理论，结合实践，注重理念与教学方法的结合，个人认为很接地气。

民工文化水平普遍较低，对子女教育不够重视，即使重视的，方法也比较粗暴简单。在培养学生的同时，造就一批家长，这才是教育的理想境界。我们学校的金老师，是常熟市林老师讲师团成员，经常在全市对家长做公益性讲座。她为中星学校一年级家长的讲座和现场咨询，使该校老师和家长大开眼界。家长们深有感触地说，金老师是在教我们怎样做家长，做一个合格的家长。

这几年，政府开始重视民办学校，首先是观念的改变，不要光盯着老板赚钱，应该看到这类学校弥补了公办教育资源的不足，为地方经济的发展，为社会的稳定做出了贡献。其次，实施奖励办法，鼓励民办学校投入，改善办学条件。再次，将扶持民办学校列入市政府实事工程，并制定"百分考核细则"，考核结果与收费挂钩。市报头版多次以很大篇幅报道相关情况，让更多的人了解、支持民办教育。

　　无可否认，民工学校的办学水平还很低，亟待解决的问题也很多。公办学校的介入，目的显而易见。孩子是祖国的花朵，每一朵鲜花都有绽放的理由，而且应该绽放得很灿烂。

备课室的"春风"

QQ 群里有个语文备课室，大部分是青年教师。群主拉我进去，是一次操作的失误？是某人的推荐？还是因了别的原因，反正我校仅我一位。跨校结成的群，教师间不太熟识，见不到闲聊，彼此话题都在教学。见惯了乱七八糟的灌水群，纯粹到研究工作的群很鲜见。开始建群时，人数不多，估计不会长久，但居然坚持下来并发展壮大。这个群以本市为核心，渐渐辐射到省内县市，后来使用苏教版的外省市也有老师加入。QQ 群常有激励功能，根据活跃度给群友分几档，活跃、吐槽、冒泡、潜水。我网名后边的备注从来都是"潜水"，在群里始终扮演着读者、听众的角色。

开始时，群里比较沉寂，大概有所顾忌，多数议题是群主提出的，响应者寥寥。随着"春风"老师的加入，沉寂逐渐被打破，老师间的交流热烈起来，议题也从单一的教法学法，狭隘的教材解读，大路货的习题解答，拓展出更广阔的视野。"春风"提出的一些问题，初看有些古怪，细细品味很有深度，这反倒激起我的参与欲。她很上心，对别人的问题，有问必答，当时答不上的一天或者一晚后，总是给出答案。她的回答，旁征博引，经得起推敲。其时，我还不知"春风"是男是女，只是凭直觉，取这个网名，该是四十岁左右的女老师，有一定经验，有一定国学底子，说不定与我校美女校长一样还是在读研究生呢。记得某位作家对要求了解他写作以外信息的读者回信，说你喜欢我作品就够了，就像吃着美味的烤肉，何必去认识屠夫和饲养员呢。那我呢，是出自对未知世界的探究？是一个三十五年教龄的语文老师对同行的仰望？还是一个不成气候的作家无意间沾染的职业痼疾？

看得出，"春风"教着四年级。单元测试时，她用照片贴出两位学生对一道开放题的解答。题面来自课文《鸟语》，仿写两句"从……身上，我……"学生解答前一空都是填写加状语的鸟名，后一空从鸟的内在品质或者与人类关系角度描述，一位答得很好："从反哺的乌鸦身上，我体会到尊老敬老的传统美德，从早出晚归的鸽子身上，我懂得了爱家恋家的家庭观念。"她问，这个答案可好？我说好，紧扣例句格式表达到位。她说此其一，亮点是对文本的开发利用，这些鸟在课文中出现过，却并未细致阐述，正好拿来用。她以前鼓励学生舍近求远从文本外寻找答案，这个同学的思维方式值得老师借鉴。"春风"贴出的另一个答案稍逊些，其中一句"从报喜的喜鹊身上，我懂得了要对生活中有希望"。她用红笔将"中"字删了，把"有"改为"充满"。我说，通顺了，但从语感的角度看，改得不算好。她求教。我把改为"充满"改为"满怀"，过了几秒，她表示认可。

大概"春风"觉得我还算入她法眼，与我交流的次数渐多，话题也广泛了。她说就是一个中师生，靠自学考试读完本科，身上没一点儿光环，爱钻牛角尖，教过数学，包班过低年级，她自己定位理科脑子，语文不算太好。她是"凤凰备课室"成员，到这个群串门的。我知道"凤凰备课室"来自"凤凰教育网"，级别顶尖，很难跻身。她说也是缠了版主好长时间才进去的。我身边有谁知道这个备课室？当下，又有多少人真正在"备课"？费尽心机进去后，毫无功利纯粹为了研究的能有几人？一个啥都不是的语文老师，把精力花在暗处，只图每节课都有自己的理念，有自己的设计。短期未必见效，长此以往，她自身的厚度势必使她的学生更厚一些。

"春风"告诉我，那天正在教《我不是最弱小的》，感觉缺一个抓手，"凤凰备课室"对此文教学很有争执的。她问我可曾教过，有无困惑。我思忖，照着教参一步步读讲，最终得出"自觉保护弱小"这个主旨，不就行了？她问我可曾想作者是谁，我说苏霍姆林斯基。她说你想想，虽说故事文本简单，你的所谓主旨难道就是一个大教育家的终极目的，里边究竟有没有其他的人文元素？说实话，我真觉得这篇文章没什么深度可言，也挖掘不出更丰厚的教学资源。我在高阶段循环中至少教过三次，每次都很"顺利"。不外乎设计一串连环问题："萨沙认为自己不是最弱小的，那他觉得谁是最弱小的？他觉得自己不是最弱小的，其目的是什么？"再联系一家人的行为，直奔主题。下课后，她发我一段课堂实录，说课堂生成出乎备课预设：

"教完第四节后问孩子，如果用四字词语概括萨沙学到了什么，学生说保护弱小。

"读完第五节后接着学第六节，问学生妈妈的话中蕴含着什么意思，他们都只能说出一种意思，即承认自己最弱小。

"后来我提醒他们留意关联词，多读几遍好好品味。一个孩子率先发言，即能保护弱小就不是最弱小。

"而后又问他们，你们是听明白了妈妈话中含着的意思，萨沙听明白了吗，学生说听明白了。我又问如何看出来的，孩子直接从萨沙的行动给出答案。"

"春风"感慨道，"教了这么多年，第一次在这个地方有创新，惭愧。"这几年，她跟我一样四六循环，第一次教这篇课文时，恰逢领导随堂听课，她对教参的大胆颠覆，并不为那位担任同轨年级的领导认同。她觉得自己的路子没问题，毫无必要迎合谁。只是还不够成熟，缺少一个提纲挈领的抓手。后来，每次教到这篇课文，总能从中发现点什么，力求将初始设计完善。一个轮回三年，那么长时间，还能翻出尘封的困惑，以新的灵感对接中断的探究。她说惭愧是迟到的醒悟与突破。那我呢，探究的惰性，敬业的缺失，倒是真正的惭愧。她说也是课堂上才注意到那个关联词的，如于灵光一现。她认为，原文中妈妈的话"要是你谁也保护不了，那你不就是最弱小的了吗？"妈妈觉得萨沙是男孩，应该从小懂得男人的担当。如果妈妈果真认定萨沙是最弱小的，不会使用假设关联词，该用因果关联词。过去没注意关联词，一次次随手放过了。"春风"说，要在"不甘弱小"与"保护弱小"间找到一个切合点，这个点也是学文与明理的契合，其中的引导环节又值得研究。

这样的解读，突破一般意义、一般教师对课文的钻研。即便很多特级教师作课，专家讲座也都不是以深入文本，解析教材中的人文元素做文章。独立精神的缺失，沉下心来研究的缺位，媚俗与表面文章的泛滥，正是眼下语文教师的通病。她又向我抛出一个问题，"为什么父亲把雨衣让给妈妈，而不是萨沙？"我说，可能是作者表述人物关系的一种方式，该作品可视为虚构，出于故事本身表达的需要。她觉得这样解答孩子，缺少说服力。我说，孩子还能提这问题？她说，万一问了怎么办？是不是应该理解为东西方观念不同，西方人爱情至上，其他的亲情退而其次？我们不能以东方人的思维方式去解读在我们看来不可思议的东西，孝老爱幼的传统美德正被中国式的以孩子为中心所蚕食，夫妻关系只摆到理性的桌面。应该说，在无法考证，找不到比这更合理的解释前，"春风"的理解不无道理。

微信圈随备课室而建。有一阵，微信共享中出现一段文字："花开了，就像花睡醒了似的。鸟飞了，就像鸟上天了似的。虫子叫了，就像虫子在说话似的。一切都活了，要做什么，就做什么，要怎么样，就怎么样，都是自由的。倭瓜愿意爬上架就爬上架，愿意爬上房就爬上房……"还用猜吗，典型的萧红体。萧红的文字率真、洒脱，没有刻意的文学味。"春风"问我，这段文字中，所有的昆虫、蔬菜都是自由的，文本背后的意蕴是什么？我说向往自由快乐。她说萧红笔下所有的生命都是自由的快乐的，恰恰说明唯独她不是自由的快乐的。她是事件的叙述者，也是亲历者，读者应该读出那个似爷爷影子的女孩内心的郁闷。"春风"以萧红身世来印证：萧红出身于一个地主家庭，幼年丧母，由爷爷一手带大。在孩子成长中，母爱不可或缺，女孩尤其是。母爱的缺失，影响萧红人格的形成，她悲苦的命运一定程度上是个性造成的。"春风"又一次跳出文本，跨学界，储备丰厚，她的见解时常获得群友认同、喝彩。

我让"春风"传些备课给我。她把一学期所有备课都给了我。翻开，与我自己的备课比照。她的文字量超我一倍。人说，课越备越薄，正确的理解应以厚在心里为前提，而非懒惰者望文生义的循词。她每篇课文后，都有一篇教学反思。大凡反思，不乏敷衍检查的成分，三言两语，东抄西凑，为"反思"而反思。我不知道她所在的学校是否有字数要求，她的反思都在千字以上，一篇篇都像论文。她的板书设计又非常简单，是她动了脑子自己设计的。她说，老师写一黑板字，貌似很认真，其实是心中没底，拎不住重点。我让她传一个板书效果图看看，那天她教《番茄太阳》，标题外不足十字，她的粉笔字秀里藏刚，估计练过柳体、欧体。

我素来有良好的自我感觉，内心孤傲，不屑与泛泛之辈交流语文教学，对一些光环耀眼名过其实的所谓名教师嗤之以鼻。"春风"让我知道了什么是厚度，什么是宽度。她应该比我小吧？比起她，我这几十年语文老师算是白当了。

班主任，当如小邵

昨日学生餐毕带他们走出食堂的途中，小邵等在跑道边栅栏旁，笑容可掬，迎着我的目光。我问，是接学生去班级吗？她点头称是。一介老头，又没权没势，难得再有人如此照应我，本当枯涩的感恩神经不想为这个细节所拨动，便将行进的孩子乖乖交与她手上，回办公室。

进得办公楼，从楼梯拾级而上，从门口的景深中回望我的队伍，已经远离我的视线，出现在我视野的是没人带班而零零落落的散兵游勇，也不知班长是否喊了口令。平心而论，我对军管式的学生就餐不很欣赏，你想学生都饿了半天肚子，还要唱歌还要呼口令，实在有些残酷。但既然是学校的规定，况且声名远扬的特色非一日能练就，说废止那是一句话，成似容易却艰辛，成就一道风景总是以某些生命的退缩为代价的。所以嘀咕归嘀咕，行动上一直积极配合着。我从无与小邵交换过意见，想必她也是这么想的。

不知她等候的位置是否刻意，那里正好对着我办公楼的门口，也就是说，我无需多走一步冤枉路，很自然地就拐入了楼道，就像平日用餐完毕回老窝一样。她也许并非刻意，但就算这个随意的举动，恰恰体现着她的实质——两个月了，我想我应该有发言权了，以一双洞察过半个世纪尘世却还不太昏花的老眼，去感受四三班的班主任。

接任四三班语文是在班子人员外出考察途中敲定的。领导吞吞吐吐说明原因，并将现实问题细细告知。我没有思考的余地，也无需思考，居然接过话茬儿就应了，但我提出应该配备一名过硬的班主任。此前我对小邵大体了解，在众多优秀的班主任队伍中，她有着极佳的口碑。相对主学科老师当班，体育老师能获得那样的声誉，自有过人之处。似作为交换条件，领导好意成全了我，也算是对我的一个安慰。

开学了，小邵把办公位搬到靠近教室的英语办公室。说是搬，其实就是占了一张空办公桌。办公室老师跟我开玩笑，说我如想搬过去，那里还有一个空位。我为老师们的热心感动着，但这里清一色的娘子军，一个老头，整天盘踞在那里做"党代表"，实在不是尔等所愿——此前我刚逃也似的从村小的窘况中剥离，窃想着到这广阔天地涅槃化生，滋养一点儿日益衰弱的阳刚，只得嘿嘿傻笑心领了那番好意。

小邵把学生名单给我一份，把座位表贴在讲台——记性差了，开始时没这还真不行。她低着头收拾教室后墙的柜子，三个格子，大体上每科作业本占一格。黑板报上墙，队角也布置好。这些，我都默默地袖手旁观。说实话，自参加工作以来，我最头疼、最缺乏的就是班主任的烦。以前班主任抵三节课工作量，后来才有每月三百元补贴还得与副班主任分享，待遇与工作太不对等。有几个人贪图那么点小钱？开始学校让老师自主申报，做好了因报名踊跃而摆不平的应对，谁知响应者寥寥，不得不调整思路反过来动员老师，年轻老师顾忌职称晋升，好说话，晋升无望的老师就不太好做工作了，拉锯几日，终于一个萝卜一个坑配备到位。

小邵不教主学科，却对每个孩子的了解比我们全面，她在三个老师之间流转，及时交换信息。某某是全差，某某长短脚，某某不做回家作业，尤其是哪一门的回家作业。她还问我，某某上课是不是爱说话？某某是不是经常要把课堂作业带回家？某家长是不是不太关心孩子？她的提醒总比我的直接感知快一拍，使我对学生的个别关注也缩短了盲目与疑虑。在我不知情或是另外两个任课老师统统不知情时，她与家长通话，把家长请到办公室，将综合了解的信息反馈给家长。家长从她那里过来，来找我们，我一时还未反应过来呢。有时我们三人中若有谁把家长请来，她就通知另两位老师，或者让家长主动去找。她在我们四人间既是调度，又是主角。于是，本来一事一议的家长常常莫名其妙遭到四位的夹攻，想必家长从楼梯上下去的时候，脸上的表情凝重，脚步拖沓，说不准在辗转回忆思考呢。

课代表李茜私下跟我说，这个班实在太吵了。所以，他们得在老师的全程监控下，才能少安毋躁。小邵比我更有先见之明，以前上这个班的体育课，在约束相对缺乏的操场，孩子的本性流露势必充分一些。我每次进教室以前，只要不是其他老师在场，教室里便少不了她。我早读过去，她在那里等候，监视学生早读；我踩着预备铃过后过去上课，她在教室里等我进去后才离开，如若我迟到，她会一直看护着；最绝的是下课，随便我什么时候过去，她总是在教室里的。我曾关注过她，在干吗？她在查看每天的回家作业，她通过与学生对话了解情况，她在注视教室的角角落落，她弯腰查看学生课桌死角检查卫生，她在翻看柜子里学生的作业。她运动会出去那几天，班里吵翻了天，我从后面的过道远远就能感受到教室里的喧噪和无序，这个班没她还真不行。

孩子太野了。我不想让孩子个个奴性十足，老气横秋。然你野，我野，就野豁边。物理学上说共振现象，当一个物体与另一个物体运动频率一致的时候，在很短时间内振幅将达到极限。切莫让孩子的野性产生多米诺效应，唯一的办法就是遏制。不给他们时间，不给他们空间。教育专家知道了，说有点残酷。但俺们没有专家的睿智，在还没有更高明的伎俩时，也只得看管紧了。四年级的孩子处在第二个叛逆期，同行"春风"老师曾问我，是不是觉得四年级的孩子特难管，而且这一年管教不力，直到孩子毕业几乎不会有多大改观。你以为我愿意花那么多精力管纪律？最好上课像上课，下课像下课。很不幸，我去办公室倒杯水，写完习字册的孩子出来溜达，没写完的也跟着出来踢毽子，我以倒一杯茶水外加几句闲聊的间隙一不小心给了他们野性释放的机会。你能想象一个老师，每天把脸摆在"老宅基"的没劲吗，常对孩子说，我不是天生的凶神恶煞，也喜欢冲你们笑。

有几次，我突击去开会。还有一节课照顾不了，也没来得及跟小邵提起。与会的一提起要到趟教室，突然警觉地冲到课堂，孩子好端端坐着，邵老师给他们找活儿干。写习字册，誊写作文，实在没辙，就读书背书。那几日她带运动员去梅里参加比赛，去前告知我，共需几日，有些什么课，午餐看护的时间等等。似乎一家之主出门前放心不下，临行前对家人反复叮咛。反正公出，不管三七二十一？她不是。

同轨老师说，这班好多了，乖多了。我们四个，哪个没花心思？我看小顾蛮负责。带两个班，整天抱着一大摞顺次夹着作业页面的本子，弯着腰晃晃悠悠地从教育楼的过道"东"奔"西"突，每次与我照面，笑脸上挂着疲惫的苦涩。小金教四个班英语，我担心她银铃叮当的声带，是否禁受得了遥遥无期的满负荷运行。小邵呢，笑眯眯的，我问学生，怕邵老师吗？学生说不怕。我说服她管吗？孩子齐声答道，服！这管人有多种方式，硬的软的软硬兼施的，阴的阳的阴阳调和的……我教了几十年，学不来轻声慢语动之以情，习惯了阳刚，阳刚之"气"吗，到头来，首当其冲"气"的或许是自己。老何对我说，别动真火，真火伤身。我何尝不晓得啊。老教师说，脸上挂着怒容，内心不动真火，什么时候做到这一点，说明你炉火纯青了。小学里的班主任，女性比较适宜，如我这样易怒、自制力差的男人不太合适。但又有专家说，如果男孩一直接触女老师，便会缺乏阳刚之气，所以日本的幼儿园配备男教师，这几年，国内幼师专业也开始招收男生，这活儿，我是干不好的。

笑眯眯的小邵让我钦佩。当老师的最高境界，一天到晚对学生笑眯眯的，学生依然怕你，要问学生为什么怕，他们又说不上来。小邵学过武术，深谙"四两拨千斤"的武门绝技。她是女性，柔性的力量化有形为无形。

班主任，当如小邵。

为天使插上爱的翅膀

很多人不认识丁老师，但很少有人不知道丁老师这个人——这在我们练塘小教辅导组，在丁老师所在的颜巷村，并不是一句大话。

一个班级有三十七位学生，期末考试平均分考了 97.8 分，优秀率达 96%，难道这个班级没有差生？恰恰相反，颜巷小学地处城乡的结合部，从幼儿园开始，稍有经济实力的家长们，向往着市区的优质教育，于是，一茬一茬的本地生随着赶考插班的热潮流向市里的学校，经济差一些的或是成绩差一些的学生便留下来。随着外地民工子女插班生的增加，学生的整体素质也在学生比例的变化中呈下降的趋势。

每接一个新的班级，丁老师总是担心得要命，这是 9 月 2 日她发给校长的短信："校长，班里又走了六个成绩好的学生，进了六个新生，我失眠了，胃病又犯了，老公说我太固执，我真的很担心。"

如果把丁老师的这种担心仅仅停留在表面的理解，那么，你我都想错了，因为这是一位老教师高度事业心的真实流露。而且，从丁老师年复一年的工作业绩中印证了这种对教育事业的高度责任感。从 1987 年第一次担任毕业班数学教学至今，学生的统考成绩都名列全镇的第一或第二，最差的也就是第四，可以说，丁老师在学科教学中从来没有失过手。校长曾在教师会上说过，如果丁老师和俞老师考不到第一，那么的确是学生的问题了。我们把校长的话细细品味一番，这不是一种高度的评价吗？

也许有人会说，丁老师真有什么灵丹妙药吗？这个问题显得很荒唐，但思考这样一个问题的人就不见得有多少荒唐。丁老师出身贫寒，家庭的出身与父母的教育，使她从小便练就了吃苦耐劳的品质，小时候割羊草，做砖坯，拾稻穗，比同龄孩子吃了更多苦。高中毕业后，因为没有考上大学，便当了民办教师。由于工作的需要，参加了中师函授，后来又参加了高等教育的自学考试，不要说十七门功课，许多人在高等数学和大专英语这两座门槛前望而却步了，但丁老师挺过来了，整整花了六年的时间拿下了大专的文凭。对于年轻人来说或许是小菜一碟，而对于先天不足加上四十岁年纪的丁老师，个中辛苦真是不堪回首。

丁老师把这番学习的勤勉自然也用到了工作上，她常常这样勉励自己：教学没有更好的方法，唯有苦干加巧干。如果说苦干是一种精神，巧干是一种能力，那么能力也是在日积月累的苦干中练就的。这种精神同样落实在一个"勤"字上，前几年她爱人因病多次住院，她白天让家人陪，晚上骑着自行车去医院陪丈夫，第二天早上又骑车到学校上班……前年她患了严重的胃病，由于身体虚弱从楼梯上摔下来，她拖着病怏怏的身体，边吃药边上课，因为她放不下自己的课程，放不下班上的学生。

三年前，一位刚入伍的新战士来到学校，指名要找丁老师。原来，这位新战士去部队前，他的爸爸妈妈要丁老师到他家去做客，丁老师婉言谢绝。这个战士不是本村人，曾随父母在颜巷小学读书，由于事隔多年，丁老师已经记不起他的名字了，但这位昔日的学生却记得丁老师，甚至能清晰地讲述丁老师对他说过的话，还有当年的一些细节。作为老师，还有什么比这更令自己幸福无比的呢？

如果我们能够走进丁老师的记忆，那也许是个不太起眼的学生。但哪怕是最调皮捣蛋的学生，在丁老师的心目中也从没有过爱的死角。记得校长曾在开学典礼上说过这样精彩的讲述：每个学生都是天使，都有着天使般纯洁的心灵与美好的形象，教师的司职就是为天使插上爱的翅膀，使他们在广阔的天空自由翱翔。去年，班里来了一个外地生，年龄大，个子高，脑子倒是很好使，却调皮捣蛋爱欺负女生，一天到晚总有人告他的黑状。通过调查，这位学生是元和小学开除出来的，人家学校宁可把几年的借读费全部退给他，也不愿再给他机会了，本想到我们颜巷小学换个环境，谁知他积习难改，蛰伏了一段时间老毛病又犯了。丁老师从家长的言语和眼神中读出了作为家长的那份焦虑与无奈，接受了这个学生。后来这位学生通过竞选当上班里的劳动委员。孩子期末考试中三门成绩都超过95分。一点儿"甜头"就让一个饱受歧视的孩子在短期内脱胎换骨？不要想得太简单，否则他不会转学了。在期末的家访中，孩子母亲拉着丁老师的手，流下了感激的泪水。

2004年的教师节，我镇曾组织教师收看中央电视台师德演讲团的精彩宣讲。比起他们，丁老师自然缺少那种惊心动魄的伟大，缺少那份荡气回肠的崇高。丁老师唯独不缺少的是对教育事业的无悔追求与高度的责任感。丁老师走过的几十年的教育生涯平平凡凡，但又坚坚实实，点点滴滴，都是勤勤恳恳。古语说：闻雷电者不为耳聪；望日月者不为目明。聚沙成塔，集腋成裘。成事业者总以谦卑的心态来看待自己，中国的教育需要呼风唤雨扭转乾坤的改革家，还需要更多的像丁老师这样默默无闻，脚踏实地的教育工作者。

我们的乡村教育，支撑着全国80%以上孩子的传道授业。因为有了千百万像丁老师这样的乡村教师，每一个农村的孩子，便可以在上帝面前骄傲地宣布——我是天使，是老师为我插上了爱的翅膀。

第二辑

妈妈十岁

"读小学时，数学老师经常让我们计算父母的年龄，从一年级开始，由简单的加减到复杂的数量关系，这类题成为每个数学老师的保留节目。有一次，一位学生的计算结果是妈妈十岁，老师打叉无疑。姑且不论这答案是如何阴错阳差得出的，学生当时是否发现有违常理，居然毫不疑心。请问作家，这个故事能说明什么？"

不是脑筋急转弯，给我出难题的是备课室的"春风化雨"。她平日里智性、理性，偶尔来点调皮的感性，乐得我难堪。是啊，能说明什么？孩子不动脑子，粗心，幼稚？明摆着废话。哦，是孩子对常识性的东西缺乏感性认识！她未置可否，要我深度思考。该不是题中藏着陷阱？是禅意，还是哲思？扯不到社会问题，莫非教育问题？是心理学问题！她说，孩子差不多十岁，母亲的"母龄"是几岁？我明白她的意思，父母当父母的工龄恰好就是孩子的年龄，也就是说父母这个职业不是天生的，是和孩子共同诞生，共同成长的。

多年以前，我读过一幅漫画。画面场景是医院，产房门关着，一声"啊——"的长调由室内放大到门外，能让人联想到产房内的情景。门外，一个年轻男子身姿笔挺地站在权作梯台的木板上，恭恭敬敬举着右拳似作宣誓，不错，漫画标题"就职仪式"。男子即将正式上任当爸爸，不去产房陪护（或是医院不准许），不探头探脑倾听动静，不心急火燎踱步走廊，唯独以这种令人啼笑皆非的方式迎接新生命的诞生。漫画是生活的夸张，是人生调色板上筛选的幽默。一个将为人父的男人，内心激动、紧张，神圣感、使命感、恐惧感百感交集。因为直接经验一片空白，他从《育儿须知》一类读物上得来的间接经验将接受生活的检阅，从此，父亲这个无以卸任的职业将与太多的未知，与另外一个生命的成长荣辱捆绑在一起，终其一生。此时，孩子零岁，他也零岁。他需要学会抱孩子、哄孩子，给孩子喂奶瓶、换尿片，改正大大咧咧的不良睡姿，改掉贪睡的习惯……总之，一切从头开始。

我们都有这样的体验。遇见久未会面的邻家孩子，乍一见，忽然觉得孩子长高了，长胖了，总之变化很大。孩子家长似信非信，说，是吗？语气淡淡的，脸上看不到惊喜，可能认为你的话如外交辞令，他听多了类似的话，听多了言过其实的赞美。终日厮守，从开门到关门，衣食住行的操劳，把孩子捧在手心盼着快快长。孩子不知不觉中日渐成长与进步，但朝夕相处使得家长往往感受不到这一点，待到衣服换季，从柜子里翻出孩子去年的衣裤，孩子一穿，哟，衣裤变小了，这才觉得孩子是长大了。年轻父母很快会忘记孩子小时候的样子，育儿经历一程忘一程，有时见到小一点儿的孩子，心里嘀咕，那么小，怎么侍弄？似乎自家孩子生来就那么大，似乎，他们已然老资格的父母了。

孩子牵着你的手学走步了，能听懂你简单的口令了，学说话了。学会的第一个词是"妈妈"，也巧了，全球所有语系，"妈妈"的发音最接近。谁教会了孩子说父母的名字？谁教会了孩子说粗话、脏话？你越嗔怪他，他越高兴，越手舞足蹈。他骂得越欢，你越笑。

旁人婉言提醒你，长辈直言不讳示意你该掌孩子嘴，你纵容着，觉得好玩。等过几十年，他再骂你，同样的一句粗口，你想不通，想哭。你早该知道，人，不是原初意义的动物，带孩子不仅要让他吃饱穿暖。

多年前，幼儿园老师将一个男孩带到我跟前，状告男孩不可理喻的举动。幼儿园的午睡床不够，男孩被安排与一个女孩"同枕眠"，五岁的孩子毫无性别意识，老师的安排很随意。谁知道，男孩不规规矩矩睡觉，竟把女孩的裤子扒了，趴在女孩身上做着大人都脸红心跳的动作，满头大汗。女孩哇哇哭闹。老师惊呆了，骂了句"小流氓"，恨不得揍他。年轻父母来了，开始满脸不在乎。我态度严厉地告知危害，男的嬉皮笑脸，女的低头略带羞色，轻声责备老公。夫妻亲热从不避孩子耳目，真是一对奇葩夫妻。后来，老师安排男孩独睡，严加看管，男孩的蠢蠢欲动持续了很长一段时间。男孩远比同龄孩子懂得男女风情，对神怪、武侠、科幻类读物毫无兴趣，肚子里都是通俗版的爱情故事。小学阶段屡屡骚扰女孩，班主任恨不得把他送派出所。有一次看到他母亲哭丧着脸站在教师办公室，我问她，又怎么啦？她摆摆手，意思不提也罢，眼里闪着泪光。年轻的家长，不是所有的知识都需要儿时启蒙的。

不止一次，我在家长会上引用过一组漫画。餐桌上很丰盛，餐具精致，一家三口吃得其乐融融。离餐桌不远，一方小桌（其实像方凳），一张低凳，一个菜碗，一位老人独坐，捧着一只粗瓷碗。孩子离开餐桌，开始忙活，地上有锯、斧、刨，一堆木料。餐桌上的年轻女子问孩子干什么，孩子说，我在做两个木碗，等你们将来老了拿木碗吃饭，免得手脚不利索摔了碗。没有延续画面，延续对话。读者顺着画面联想，最理想的结果是孩子父母幡然醒悟，从此善待老人。我却不忍往歪处想：年轻父母恼羞成怒，责罚孩子，责问老人背后搞了什么鬼，索性将老人赶出家门。孩子是以此表示抗议，教育父母吗，不要想得太美好。童心天真无邪，恰恰触动了某一类人的痛处。这样的画，似屠格涅夫作品中"含泪的笑"，简简几笔，容量未必不如一首歌曲，一本劝人为善的宝卷，一部儿童文学中篇。

"春风化雨"非常推崇五年级课文《月光启蒙》。月色似水，村落朦胧，洁净的农家小院摆一张条桌，一家人或躺或坐，摇着蒲扇驱散一天的暑气与劳累。母亲以膝为枕，轻声慢语，给躺在怀中数星星的孩子吟唱童谣，似一尊月光里的玉雕。母亲不怎么识字，却为作者幼年播下文学的种子。这篇课文我教过三遍以上，与大多数老师一样，我把语文知识肢解得支离破碎，唯独缺乏整体的感知，意境的再现、品味。"春风化雨"说可惜了，你不想想那境界多美，可以成为中国式的集母爱、天伦之乐、启蒙教育一体的经典画面，可惜没有匠心将它画下来。它的美感绝不亚于世界名画，达·芬奇、克林姆特、拉斐尔等人的同题画作《母与子》。

苏教版语文练习册、练习卷上多次选用现代西方的一个小故事作阅读题。一位五岁男孩跟着父亲郊游时不慎落入土坑，男孩先是恐惧而大哭，呼叫父亲，父亲听而不闻，不见踪影。男孩继而愤怒、绝望，埋怨父亲。他发现求救无望，情绪稍微安定，开始观察周围，寻找自救出路，最后借助坑边小树爬上来，发现父亲就坐在不远处抽烟。男孩转而自豪，对父亲说，我是自己爬上来的。从四年级到六年级，题面不同，考查能力各有侧重，有道题是给短文加一个合适的标题。查过原文，标题是男孩最后说的那句话"我是自己上来的"。学生答题，有引用原文，与标准答案一字不差的，也有另辟蹊径，如"自力更生""靠别人是没用的"，当然也有千奇百怪的，细看看蛮有味道。语文的教化功能远胜于其他学科，语文老师也最适合"传道"。我多了个心眼，留意孩子做题前后的变化。放学后，帮扫地的家长继续扫，帮孩子背书包的照例背。孩子就把它当作一道题，只求证了一个答案。有孩子从一年级起，卫生值日一直由家长代劳，因为孩子在家里从不干什么，连穿衣服都像皇帝一样要人伺候。嗨，算了，只求孩子好好读书，家长说。我告诉家长，读书与自理毫无冲突，再说了……他们当中能有多少人考取省中、市中，将来又有多少人考取一本、二本？后半句我没说，真不忍埋汰了家长望子成龙的愿望呢。每次上学放学路过市里学校，接送孩子的私家车在马路两侧排开长队，其中很多是农村家长，他们省吃俭用，不惜举债买学区房。我时有一个念头，那么多起早贪黑的车子里坐的孩子，有几个真正出人头地，大多数家长未必如愿。诚然，他们理解的出人头地，似押宝一般押在孩子读书上。他们认为已然尽到力，便无悔。跟风、从众，智力投资的宣传误导，使得很多家长迷失了方向。有朝一日，当理想破灭，他们会不会将满腔的失落发泄到孩子身上。每年中考、高考结束，有多少家庭雾霾笼罩，多少孩子以泪洗面。怨天尤人，家长不知道反省自己，总认为自己是合格的家长。

去年高考，一对同事夫妻的孩子成为大市状元，一时，祝贺的，讨教的，很是热闹了一阵。这对敬业的夫妻有一个共同特点，爱看书。每天晚饭后，夫妻俩各踞书房一隅，读书、查阅、笔耕。孩子受父母熏陶，慢慢爱上看书，从少儿读物开始，读物不断升级，文理百科什么书都读。孩子学有余力，往往在学校做完回家作业。同事这个孩子或是个案，没怎么花力气培养，但一路顺风顺水。无疑，孩子遗传的智商比较高。耳濡目染，身教言传，这些道理无需赘言。如今，孩子在清华大学求学，夫妻俩也是大市级的学科带头人，当然还有一官半职。不管以什么标准评价，他们都是成功人士。与儿女同步成长的，是自身的学养，还有父母这个岗位。

经常会遇到这样的家长，说真不知道怎么管孩子，仿佛他们眼里的老师都是全知全能。不要迷信谁，你不觉得，很多合格的老师是不合格的家长，好老师能培养家长，能遇上"春风化雨"那样的老师，是孩子的福，也是家长的福。但老师不负责培养家长，自孩子出世那一刻，你应该把年纪归零。家长不一定具备多高的水平，但绝对要有智慧，有足以令子孙后代仰望的人格。孩子是家长的镜子，当你发现孩子有问题，首先应从自身找原因，以矫正自己来矫正孩子。

"春风化雨"给我推荐龙应台的随笔《父母是有有效期的》，说孩子小时候，父母是万能的，这是教育黄金时期，孩子过了青少年期，父母的有效期就快到了。有一种理论认为，孩子成长过程中有三个叛逆期：四到五岁，家长一旦发现孩子有坏习惯，能及时强制纠正；十岁左右，孩子有些难管，只要竭尽全力，还能力挽狂澜；第三个是众所周知的青春期，如果前两阶段安然度过，那么，作为家长你偷着乐吧，因为孩子正确的世界观已形成，反之，来不及了。叛逆理论可以为父母"有效期"作理论支撑，也给始终认为"孩子还小，会懂事"的家长醍醐灌顶。你是否与孩子共同成长，当家长是否合格，到时候由社会验收，不是单纯的学业标准，而是能力标准，孩子对外界的应变。没有一个家长希望验收时摇头叹气。我还告诉你，我教数学的时候，孩子算出来的父母年龄有五岁的，有更小的，甚至还有无解的。你莫怪罪孩子，他们没算错，世上许多复杂的道理不是以简单的数学思维能解释的。

缺失与补偿

课间来去，时常在教室外的走廊遇见家长，多数是孩子的母亲。不在正常的接送时段，不大像寻常母子间的正常交往，使我忍不住猜想他们的家庭变故。一位三十多岁的女子，经常在周五午间来探视隔壁班的一个女孩。女子带着包裹，从不空手，估计衣服或食品，选一个角落，与女孩轻声交谈。女孩听着母亲的话，看着母亲，不大说话，点头，摇头。有时，两个人趴在栏杆上交头接耳，见不到她们的表情。女人每次来，都要待上大半个小时，直到上课铃响，两个人拉着手依依惜别。我从班主任那儿得到印证，女孩读一年级时父母离婚，父亲很快再娶，母亲回到娘家。女孩被判给父亲，她父亲长期不在家住，实际的监护权已转移到祖父母手中。一个即将进入青春期的女孩，更少不了母亲的呵护、引导，她母亲不是不想把孩子带身边，微薄的收入，寄人篱下的困境，再婚的打算等诸多无奈，使她力不从心。女孩眉清目秀，酷似母亲，不开口时还显文静，一开口是男孩式的大嗓门。班主任说，女孩太吵，脾气暴躁，处事大大咧咧，一言不合即与男孩打架。每次惹事后被请到办公室，她屡教不改又一副无所谓的态度让老师冒火，想想她可怜不忍批评她，老师很矛盾，奈何不了她，她如今已处于问题学生边缘，初中、高中，将来会怎样呢？

跟班到五年级时，我发现班上一个男孩很不对劲，上课恍恍惚惚，经常说谎，曾经获过奖学金的他成绩一落千丈。找他谈话，他怔怔地看我，沉默，泪水在眼眶里打转。打登记的家长电话，不通，我在"家校路路通"一遍一遍发短信。家长来了，是孩子爷爷，他一肚子苦水，说孩子父母离异，儿媳跟人走了，儿子长期在外做生意，把孩子扔给他们，他是想着管好孩子，但不识字，不知道怎么管。哦，又是一个父母离异、亲情缺失的孩子。以后看这孩子，他语音缺陷严重的普通话，黑瘦的脸，脏兮兮的衣着，让我多了一份恻隐之心。

亲情缺失的孩子是可怜的，常态发展外的两个极端中，单亲家庭的孩子居多。其中固然不乏奋发之辈，沉沦者也多。传统意识中严父慈母的定位，不只是外化的性情形象，也是角色定位以及教育范式的刚柔互补。在性格形成、世界观初建阶段，单亲抚育孩子很难把握分寸，家庭长期的角色缺位导致孩子孤独，无所适从的过度补偿骄纵孩子，喋喋不休的怨恨倾诉无异于给孩子播种仇恨的种子。家庭的残缺，极易使孩子变得胆怯、狂躁、偏执，对任何人缺乏信任。所以，儿女谈婚论嫁，很多父母很在意对方家庭的完整与否，对单亲家庭多有忌讳。

而在正常健全的家庭，亲情是不是阳光普照，雨露滋润呢？

一次调查中发现，很多学生家庭并不按照严父慈母正常定位，有的角色错位，有的角色同位。不错，父母的角色无以替代，却不能无视第二代独生子女家庭中的四位老人，他们该扮什么角，唱什么调，在缺失与补偿的矛盾体中，如何定位？

不知什么时候，我与后进生家长的谈话固化为一组问题模式。

"孩子平时上网，看电视吗？"

"你们每天检查孩子的回家作业吗？"

"孩子跟谁住？"

我十分在意第三个问题的答案，如果家长说是爷爷奶奶带的，我便皱眉，可劲地说"错了""不该""怎么可以"。也许是被祖父母惯坏的孩子见多了，在我眼里他们只知宠不知管教，沾惹不得孩子，是孩子一切恶习陋习的罪魁祸首。

几年前，我曾写过一篇随笔《"豪华"三轮》，言说过度的溺爱导致孩子身体素质的衰退与自理能力的萎缩，言外之意，对老人接送孩子抱反对态度。写完，撂在博客中。过几日重新打开时，发现网友"村姑"的一段留言，她认为教育孩子与接送孩子是两码事，父母让孩子的爷爷奶奶接送，不是把教育责任推给老人，不但没什么不好，相反也有诸多可取之处。她的话引发了我的深思。不错，站在另一个角度看，老人接送孩子是当下的普遍现象，那么大的家长群体不乏有识之士，它的存在，自有其合情合理之处。

"村姑"给我讲了她小时候的一些事。

早在她出生前，她的爷爷奶奶相继去世。她只见过墙上的爷爷奶奶，对她而言，那个称呼只是个概念或者是两张遗像。她母亲是位勤于劳作，强悍，控制欲极强的农妇，不知是情商中某些缺陷，是天生不懂得疼爱孩子，还是因日子的艰难无暇顾及，从小到大，她感受的母爱少之又少。她说了一个细节，从小学阶段开始，衣服都是自己去买的。她的父亲还算宽厚，由于长期在外工作，由于无原则迁就妻子，对女儿的关心也不够。父母三天两头吵架，她蜷缩着身子，以惊恐的眼神看着摔碗砸瓢的双亲，又不敢躲出家门，生怕一不小心父母迁怒。所以，她一直告诫年轻父母、家长千万不要当着孩子面吵架，否则，造成孩子家庭观念的扭曲和婚姻恐惧，即使不是夫妻感情出了问题，吵架波及的最大受伤害者是孩子。她研究心理学的动机，不仅因为当了班主任，她试图从心理学角度解析记忆里的童年，实现心理自我修复，还有帮助进入叛逆期却令父母手足无措的侄子走出困境。"村姑"问我，小时候可有爷爷奶奶的呵护？我说跟你一样。别的孩子在家里受了委屈，至少有一个躲避的地方，有个临时的心灵港湾释放不安获得补偿，她很羡慕把爷爷奶奶挂在嘴边的小伙伴。她父母与兄弟妯娌间的龃龉导致长期不和，父母不准她跟叔叔的孩子玩耍，有一次"犯规"被父亲拴在树上，声言不要她了，这对她伤害很深。她有个非常疼爱她的姑妈，但杯水车薪，五岁那年，被丧子之痛折磨的姑妈意欲过继她做养女，她在姑妈家生活了半年，回家竟不认得父母了。一般说，五岁的孩子不会有太明确的记忆，是巨大的心理落差镌刻在她记忆深处，随着一次次的回忆不断强化，她从姑妈身上获取的母爱，远远超过二十几年与母亲的耳鬓厮磨。心理健康有问题的成人，都能从儿时的家庭背景中找到答案。"村姑"说自己很庆幸那段短暂的领养，回忆中的温暖是她冷冰冰的家庭里的一缕阳光，住在邻村的外婆也一定程度上弥补了亲情的缺憾。

成人将夫妻关系排在亲情首位，对于孩子而言是父爱与母爱，如何看待祖孙关系这个命题？人到中老年，内心会越来越柔软，孙辈血脉的延续是他们对晚景的不可预见及死亡忧惧的最好安慰，他们看孙辈的目光慈爱、宽容，与年轻父母的严厉、挑剔大不一样。隔代亲，俗语中谓之"老黄伞"，不讲原则的溺爱，干扰了年轻父母教育孩子中的正常理智。因此，两代人时常在孩子问题上闹矛盾。天伦之乐与责任的兼顾该依照什么样的表达模式？前提是，孩子一定要父母亲自带，不能长久脱离父母监管，学业、品行、自理能力等方面的培养，父母有绝对的责任，不可推卸，不可转嫁，即使忙一些，苦一些。爷爷奶奶照顾孙辈的生活，给压力中的孩子一点儿补偿，只要适度，无可厚非。辩证的理论与实际生活的无缝对接，是每一个家长面临的难题，也是世界性难题。"村姑"说，父母要给孩子预留足够的教育空间。我要求说具体些，她给我留言：

"比如说，年轻家长忙于上班，把接送孩子的任务交给父母，但只要有空，就应该亲自接送。"

"住在乡下的年轻父母，如果双休日休息，应该带孩子过男耕女织的生活，让孩子协同父母搞卫生，做饭，侍弄菜园。"

"如果平日里单独带孩子的，可双休日、节假日带孩子探望祖辈，既解长辈思念之情，又让孩子在父母身边的压抑得以宣泄。"

"年轻父母常亲自带孩子，看着孩子成长，也是和孩子共同成长的过程。"

这么说，孩子需要补偿的就不单是亲情了。

预留足够的教育空间。一句寻常话道出不可多得的经典意味，玩味再三，想不透。

隐形夹缝

读着微信圈的一则"分享"，我实在找不出"享"的理由。主人在链接前加了一段感言，建议那个老师在央视黄金档公开向全国人民道歉，态度要诚恳，事情经过要详尽，好让更多的人来同情那个学生，同情那个家长。从这段调侃文字背后的愤懑与无奈，你能猜到链接者的身份，不错，是老师，跟帖的也大多是老师。

说的是邻市某中学的一起体罚事件。体育课上，一位调皮的男生将篮球往女生头上扔，老师一怒之下给了男生一脑瓜崩。这可捅了马蜂窝，家长找到学校要求严惩老师。微信段子类似一则简讯，没有细节描述，具体经过也是粗线条的。凭我那么多年当老师的见识，能想象家长兴师问罪的愤激，学校领导赔着笑脸的尴尬。所有的理都倒向家长一边，所有的舆论都谴责老师，谴责学校，谴责教育，谁敢站出来说句不识时务的话，势必被骂得狗血喷头。校方很快给出处理结果，老师当面道歉，停职检查，校长在媒体上公开道歉。微信同时贴出学校照片，旁注是"事发学校"，信息化时代强大的曝光率、震慑力都今非昔比，这一阵子，当事老师，当事学校，学校的主管部门都噤若寒蝉，校长在教师大会上提请下属亡羊补牢，凡对学生罚站过的老师，应在规定时间内对学生一一道歉。但家长仍不罢不休，强烈要求开除该教师。老师会遭开除吗？能以正常大脑思考的人都明白，老师纵有千般不是，罪不致此。但他将以高额的代价为自己的冲动埋单，先不说声誉，不说日后的艰难，吃个处分是必须的，年度考核不定等次（不合格的婉言），停发今年绩效工资，无缘每年一次的工资正常升级……业内人士核算过，类似犯错的最低成本在三十万上下。惺惺相惜，有老师说，何苦呢，以后还敢管学生吗？也有老师说，法理何在，怎么老师一下变成弱势群体了？

　　翻遍现行的教育法规法律，教师的义务，教师该遵循的规章，白纸黑字，铁板一块。教师不能做什么，如地图上标出的雷区，也是红线赫然。那位老师违反法规，但谁能准确界定"造成一定影响""严重后果"之类的模糊概念，其中留有的空隙由法理来弥补。那位老师的处理结果仍无定论，他如砧板上的鱼肉，学生家长的态度，外界舆论的导向都将影响他的处罚力度，也就是说，他处在法规与法理的夹缝间。我无需为那位倒霉的同行辩解，不知道他在冲动后的善后处理，老师与家长不是天生的敌人，他们具有共同的目标，应该成为盟友。如果他诚恳地认错，及时地沟通，家长由理解而谅解，他们之间也存在着夹缝，误解与对立导致局面无法收拾。我没有见过家长微信圈的状态，他们的感言、跟帖该是什么基调呢？想必，围观的、吐槽的、愤激的、怂恿的推波助澜，"为人师表""太不像话""咎由自取"成了这个圈子的核心词语。这些热心人的参与，使得一条夹缝的弥合变得遥遥无望。

　　这起事件中，家长有无对教师过激的行为，即使老师吃个哑巴亏，也摆不到舆论的风口浪尖。几年前，某校一位五年级的男生自缢于家中。过早凋落的生命，将亲人带入无尽的悲恸中，也使他们失去了理智。寻常状态下，花季少年是不去思考生死的，更不会有自戕的决断，他的决断显然与年龄不符。家庭不和睦，长期遭受家暴，导致孩子自闭。孩子自缢的前夜，又遭受了醉酒父亲的一顿拳脚。责任或间接或直接，家长应该心知肚明，但他们缺乏足够的勇气和担当，需要推卸，需要补偿，需要蒙蔽真相。他们到学校找茬，寻访儿子的同学，试图从无忌童言中找出蛛丝马迹，孩子们都说，老师没打也没骂过那孩子。整理遗物时，家长从孩子的小作文中发现流露过轻生倾向，似乎一下子找到了出口。作业本上有老师批阅的等第、日期，作为老师为什么没有及时发现，为什么缺乏应有的警醒？老师被吓坏了，硬着头皮接受群情激愤的"审判"，同样头脑发热的亲友勒令即将待产的女老师挺着肚子下跪，阴暗者甚至使出阴招。前去安抚的校长也被扣留、围攻，两天一夜，不准吃喝，无助中的校长仍想着保护下属，立即招来诘问，招来热拳冷拳。那个场面我没亲历，时隔很久后，校长以噩梦一般与我形容这事，他的左耳一直嗡嗡作鸣，是遭受袭击后留在身体中的记忆，而留在心里的创伤呢，他没展开，回应我一丝苦笑，不久后，他申请提早退位。

　　几年了，校长那一丝苦笑一直定格在我记忆里，女老师也早已离开伤心之地，转赴他校任教。比起家长的丧子之痛，他们遭受的不公，或许算不上什么，一直没向任何人提出要一个说法。对死者的悲悯，善良与职业素养，使他们选择了谅解，心却凉了。法不责众，何况是带着悲情符号的非正常群体。法度与倾斜的感情天平，人性与利益的博弈，又在这里形成一条隐形的夹缝，我的同行唯有打碎了牙往肚子里咽，夹缝间充斥了他们委屈与无助，以及从脚底下升起的阵阵寒意。

　　这几年，"规避"一词以高频态势出现在教育系统的大小会议。警钟长鸣，偶发事件仍防不胜防。不久前，我校一位五年级女生失踪，引发了一场延续十多个小时群策群力的大搜索。她是个外地生，无故不做回家作业已成常态，编理由搪塞是她每天上学后的第一件事。这天，老师让她去门卫打电话给家长，把所谓忘在家里的作业送来，同时也验证孩子信誓旦旦的真伪。孰料，她在骗过门卫后，再无回校。时隔一个小时后，老师打电话询问家长未果，猛然惊醒，向同事借了电瓶车一路找过去。老师向领导汇报时，已近中午。校方一面向上级报告，一面派出老师沿途寻找，同时请求派出所支援。直到晚间八点仍杳无音讯，紧张与恐怖笼罩着我们学校。其实孩子就藏在立交桥下的桥墩边，她看着熟悉的老师穿梭来往，甚至多次听闻寻找者谈话的焦急。饥饿与黑夜的恐惧，最终让她自己现身。一场虚惊过后，老师、领导以手抚膺，直呼庆幸，一天的心力交瘁都随着有惊无险的结局烟消云散。事后，领导和老师都后怕，如果，如果……好在所有的假设都止步于如果，否则所有责任人如串在一起的蚂蚱。日后，领导逢会必讲此事，出去汇报、交流时作为"规避"的经典案例解析。领导要我们规避的是什么？风险、责任，还是法与责之间的狭缝？经验性的陈述的大意是，应该预见学生脱离监管的后果，应该在第一时间联系家长，汇报，报警，断然采取措施。老师问，是不是做到这些，就意味着"规避"有效呢？从失职评判到法律责任之间并不存在界限分明的鸿沟，一旦既成事实，任何"规避"都软弱无力。

老师后来回忆，那位学生当时回过家里，挨了父亲几巴掌。老实巴交的母亲当众失口道出事实，被她凶神恶煞的男人制止。当时，家长因事情的无法预见选择了隐瞒，我不去想其间的恶意，如果事态向着最坏处延伸，他们能否坦然承认并归咎自己。他们未必懂得"规避"，自私是所有自私者的劣根。良知与昧心或是一念之差，它们间构成的夹缝该由什么去填补呢？法理显得苍白，道德说教更是无力。

在校园突发事件中，法治的概念与参照明显滞后。祈求有一套完善的法律服务于校园突发事件，条文中的法，是人类迈向文明的台阶，而心中的法度，才是人类文明的基石。

父子合同

"卫晓刚竟然只考了 68 分！"

语文抽测卷摊在办公桌上，黄老师一脸怒气。他把卫晓刚叫到办公室，拍着这份在他看来惨不忍睹的语文卷，"自己看看吧，你是不是想气死我？"黄老师平日很有耐心的，同事觉得他今天真生气了，而且气还不小。"说吧，怎么回事？"晓刚的沉默使黄老师声音提高八度。

卫晓刚簌簌落泪。

黄老师从五年级开始带这个班，晓刚一向是他的得意门生，这个活泼而有些顽皮的孩子，对课文总有意想不到的独特见解，有时老师问题还没讲完，他就高举小手，黄老师一般不轻易让他发言，因为他一开口，其他人就没戏了。

黄老师先让他回教室。晓刚近来确实有些异常，上课时精神不振，心不在焉。这事以前也有过，别看他上课走神，老师冷不丁地提问他，他一愣，还能把问题说个六七。不知是偏爱还是过于信任，黄老师这次竟没怎么去深究。

放学后，黄老师单独把晓刚留下，与白天相比，他的态度明显缓和。黄老师说："你还想上实验中学吧？门槛可不低，一定要语数外全优。要是连你都考不上，我黄老师都没脸。都怪我粗心，这阶段没好好关心你。你一定遇到了什么事，说出来，老师会帮助你的。"晓刚抿着嘴，嘀咕道："我爸爸和妈妈要离婚了。"说完，眼眶里又噙着泪水。

说帮助，这事有点棘手。

黄老师询问了详情。晓刚家有一个货架厂，经过父母艰辛的打拼，生意越发红火。钱多了不一定是好事，晓刚父亲还是一如既往勤勉节俭，母亲却沾染了麻将，与一帮老板娘杀得昏天黑地，赌资越来越大，厂里家里的事也不闻不问。吵架，冷战，最终闹离婚，父亲干脆吃住厂里，母亲也乐得自由。没有了管束，晓刚整天看电视，玩游戏，甚至跟着别人去网吧。

黄老师决定去家访。他好容易把晓刚父母招回他们家，才说了几句话，他俩就当着黄老师的面吵起来，一个劲儿指责对方的不是。黄老师根本插不上嘴，晓刚也急得大哭，第一次家访以失败告终。

应该单独找他们谈谈，黄老师想。

次日，黄老师赶到货架厂。卫老板一句话就把门闩死了："谢谢你，别费心了。我对老婆死了心，走到这一步也没办法。孩子读书没出息，将来就到厂里来干活。"说完，就把黄老师晾在一边。黄老师心里窝火，"孩子是你养的，总得负点责任吧！"这话到了嘴边，最终没出口。

黄老师找到晓刚的母亲，黄老师列数她孩子在校的表现，夸她的儿子聪慧。黄老师说："我无权干涉你的爱好，但我觉得你不是一个好母亲。你们夫妻不和，孩子晚上睡不着，白天上课不专心。如果交友不慎，孩子几乎在一夜之间就学坏了，再学好，很难。"她怔怔地听着，眼眶湿了。

两天后，星期六，黄老师让晓刚把父母召集到一起。这次，夫妻见面没有吵架。黄老师说："我是个老师，自己也有一个比晓刚大几岁的孩子，就当我们做父母的随便拉拉话。"黄老师从其他孩子说起，列举了离异家庭对孩子的影响，尤其是对心灵造成的伤害。黄老师最后说："我不是民政干部，你们夫妻之间的事情管不着。孩子成绩滑坡，他自己固然缺乏自制力，但没有家庭的管束，如果就此葬送了前程，你们将后悔莫及啊。"

女的嘤嘤地哭着，她首先检讨自己的不是。男的说："现在后悔啦？看在孩子的分上，暂时可以不离婚，但最终……"不等父亲说完，晓刚说："你说话算话，不跟你拉钩，要签个合同。"

晓刚瞅了黄老师一眼，两个人会心一笑。这主意，晓刚肯定想不出来。

合同规定，晓刚要认真读书，不玩游戏，毕业会考达到"三优"。父亲除了好好经营，还要关心儿子的学业。为了儿子的学业，半年内不得再提离婚。黄老师建议为晓刚的母亲添上附带责任：不打麻将，早晚接送晓刚上学，白天去厂里上班。

这份合同不伦不类。究竟是两方合同，还是三方合同？既没有合同标的，也没有违约责任。翻遍所有的文本，恐怕找不到这样的范本。父子双方签名后，晓刚要黄老师当见证人，黄老师不想自己究竟充当了什么角色，反正郑重地写下自己的名字。

理所当然，合同由晓刚保存。

两个月很快就过去了。毕业考试毫无悬念，其中数学，晓刚得了满分，将如愿进入实验中学。驻镇农行每年要为年级前五名的学生颁发"金穗奖"，这些学生的家长也受邀参加颁奖会。与其他人不同，晓刚的父母都来了。

晓刚父亲代表家长发言。他没有谈自己的孩子，也没有谈自己怎样培养孩子，却将这份父子合同展示给大家。他说："总以为自己辛苦，厂子发展到今天都是我的功劳。其实，老婆也跟我受了不少苦，夫妻磕磕碰碰也很正常，不要动辄就说离婚。很少见到家庭破裂后，事业还兴旺发达的，我有时想想，'家和万事兴'这句话真的很有道理。"他看了看台下，接着说，"黄老师是我们孩子的老师，也是我们家长的老师。他不但挽救了我的孩子，也挽救了我的家庭。"说着说着，他先把自己感动了，走到台下，向黄老师深深地鞠了一躬。

短暂的静默后，掌声经久不绝。

黄老师回过头，发现很多人的目光都聚焦在他身上，其中有晓刚，也有晓刚的母亲。

如今，这份老师见证的父子合同，就留在我们德育处的档案中。

与家长对话

"老师，孩子的英语作业，老师不检查吗？"

"不会，肯定要查的。"

"孩子说，都是组长批的。"

"校对答案，没有技术含量，孩子都会。组长帮个忙很正常。"

"你也让孩子批作业吗？"

"有时候也会。孩子互批，然后我扫描一下。"

"那……无语。"

读者能猜到，这是一段家长与老师的对话，确切点说，是 QQ 聊天。但这不是私聊，是家长在班级家长群率先发起话题，让老师接招，貌似沉寂的家长群，不知有多少双眼睛盯着呢。那天，不知英语老师是否挂着 QQ，是否对略带火药味的责难措手不及，几分钟冷场后，班主任小欧接过话茬。孩子的母亲在宣布"无语"后，小欧觉得还是不踏实，要求接着私聊。

"难道老师没一点儿责任？"

"并不是推脱责任，端木老师教三个班，一百五十个学生，每个孩子两本练习册，两本练习簿，喝水、喘气的时间都没有，家里还有一个未满周岁的孩子，当初接受三个班已属不易，她绝大部分作业都是亲自批的。毕竟是四年级了，简单的抄写默写让孩子批改也行，相互理解吧。"

"让孩子批作业，不是加重学生负担吗？"

"你女儿是不是组长，如果她不想帮老师批尽管提，说不定有好多孩子也想锻炼自己的能力，为老师分担一点儿工作。"

"你们老师都是这样差遣孩子做事的？"

"有时候，当孩子为父母做些事时，会夸奖孩子孝顺懂事，为什么当孩子为老师做事的时候就去责备老师呢，所以，请你冷静思索一下。"

"昨天检查孩子作业，发现英文写得一塌糊涂，问孩子，她说，反正老师不批的。"

"读书写字是自己的事，这是孩子自己想法有问题。"

"我承认，孩子学习态度有问题。"

"家长的一言一行也在潜移默化间影响着孩子。你们责备老师，也教会了孩子埋怨老师。"

"真不是责备。"

"那好，有事尽管跟我说，记住，私聊啊。"

我不想偏袒老师，站在家长角度，她的责备无可非议。这段对话，开始家长不依不饶，多数是反问句，即使不反问，语气也咄咄逼人，后来态度慢慢缓和。如果不是第三者介入，而是家长与当事老师直接对话，结果会怎样呢？班主任小欧在其间充当了缓冲角色，稍有不慎，即引火烧身。此后，小欧跟这位家长又有过几次对话，话题也丰富了。每天早晨，组长会把一沓沓语数外回家作业码在讲台边，小欧随手翻阅，那个学生的英语作业不再马虎，可见家长很重视。

　　细细回味这段对话，能发现小欧处事得当。小欧无法预料家长接下去会说些什么，所以提出私聊，面对面好说话。她首先巧妙地把话题引开，不去纠缠学生帮老师做事的合理性。她放低了姿态耐心"听"家长陈述，给家长选择的自由。然后摆出端木老师工作繁重及生活压力，家长也是女性，将心比心，自有内心最柔软的部位。接着以学生帮家长跟帮老师做事做类比，合情合理。最后以家长的观念对孩子潜移默化的影响，提醒家长如何处事。从最初的埋怨，到理解认同，家长也是一次接受教育的过程。

　　自从英语列入主学科，绝大多数英语老师只教两个班，端木顾全大局挑起了三个班，一天到晚忙得如陀螺，吃力不讨好，想想委屈，哭了个稀里哗啦。很多老师感慨，现在的家长难弄。家长与老师站的角度不同，看问题的态度不同，观点不同。小欧善于与家长沟通，常对家长说，我们好比是临时夫妻，这三年共同把孩子培养好，让孩子顺利升入初中。她觉得，老师与家长，并没有不可调和的矛盾，目标共同，利益共同，结合点在孩子身上。家长与老师的对立，主要原因是沟通不畅，不要过多埋怨家长，老师要多从自身找原因，怨愤也就消融了。

　　老师与家长的对话天天在延续，同样的事放在不同的老师身上会有截然不同的结局，其中固然有家长的个体因素，有老师的个人魅力，更有老师沟通的技巧。不会说话，好心办坏事，无疑很憋屈。这倒不是说老师需要多少口才，或者雄辩能力。但老师是吃开口饭的，你的主张要让家长乐意接受，还真得想想办法。

　　一个星期一，放学前，我通知一位家长延迟一小时来接孩子。星期日布置的练字作业，孩子胡乱对付，写的字还不如平时作业。我很看重习字册，一般都不让他们脱离监管乱写，这次因赶进度破例。孩子知错，要求重写。我让他放学后补练，当然我得陪着他，直到把他交到家长手里。老师都不愿意让孩子留校的，留孩子的同时留了自己。但这次，我得以难得地自我牺牲，给他一个教训。我问孩子，按正常速度，这两页字该写多少时间？他说一节课多点。我又问，那你写了多久就完成的？他说不知道。我把他所有的作业本摊开，让他做前后对比，看看发现了什么。近期，孩子写字马虎，愈发不成体统，练习册类做得再不好，不能擦了重做，练字有办法重写。我让他在双线本上临写习字册，要求一笔一画，不能有连笔，写多写少无关，写一个小时。

教室里只剩我俩，孩子母亲来了，问我缘由。我不多说话，把孩子的作业递给她，她看了几眼说简直一塌糊涂。她回头责备儿子。我又递给她几本其他孩子的作业本，她默默看着，说那几页的字的确漂亮，儿子差远了。说话间又狠狠盯了一眼儿子。我问她，可曾留意孩子平日里写作业，留意他写的字？她说自己也不大识字。难怪了，我似自言自语。她是从南方远嫁过来的，操着生硬的本地方言，说小时候没读几年书，这辈子就指望这唯一的孩子了。我说，写字是学习态度的一部分，也是重要标志，孩子是否认真，先看写字。我不指望孩子能写到什么程度，至少一笔一画规规矩矩，字都不安分，做其他事情也马马虎虎。

我让家长继续翻阅全班学生的作业，教室陷入短暂的沉寂。过了一会儿，家长开始看手机，瞅我一眼，似乎欲言又止。我说有事你尽管说。她说，老师，我们还得去城里喝喜酒，这会儿他爸的车子等在校门口，跟你商量个事，能不能让我儿子回去写？她望着我。我说可以，尽管安心喝喜酒，回去也甬补了。她说那怎么行。我对她说，今天留着孩子练字，意义不在写几个字，是对他学习态度的惩罚，也是对身为老师的我的自我惩罚，你看这会儿所有老师都走了，我也希望早早回家烧晚饭吃晚饭，但这是我的责任。家长没再说话，拿了手机往走廊去。我听到她在打电话，大意是让丈夫一个人先去，她陪儿子写字。

　　冬天的五点半很像黄昏了，我与这对母子一起从楼梯上走下来，校门外马路的光控路灯都亮了。分手的时候，孩子缩在后边，神情不爽，家长把儿子推到我跟前，叮嘱他跟我道声再见，孩子勉强招呼我一声，声音很轻。后来，我问过孩子，那天有没有去喝喜酒。孩子说，来不及了，没去，没有交通工具，母亲和他一路步行到家，将就了一顿晚饭，一路上母亲喋喋不休地数落他。我说恨老师吗，他摇摇头，脸带愧意。孩子未必百分百地表达内心，但他会记着这次不寻常的留校。家长后来给我打电话，说那天实在不好意思，妨碍老师下班了。而后表示感激。我曾反省过，是不是有些过分，小题大做了。那天家长要求我放一马，如果我愣是不允，态度生硬，不以道理暗示我的主张，家长或许当面不说，内心未必感激，后来也不会来电话表示歉意和谢意。

　　孩子好了一阵子，旧病复发，留校一次，又好一阵。寒假开学，我突然发现他的字大有改观，间架像模像样，字迹清楚，就是笔画仍软。他告诉我，假期一直在自觉练字，不是被迫的。这个孩子从我接班开始一直不拿写字当回事，置我的苦口婆心、严厉批评于不顾，当他自己想写好字的时候，意味着他的学习态度发生了质的飞跃，是的，他懂事了。

　　从教室回办公室的途中，一位家长与老师在吵架，大分贝，长时间，灌满火药味，互不相让，引得楼上楼下探头张望。问何故，却因老师一言不慎。恰逢下课，围观的学生很多，双方已听不进劝说。最终惊动了领导，出动了保安，事态平息。吃饭时，我碰到这位老师，他自顾低头吃饭，对周边同事嘻嘻哈哈侃八卦置若罔闻，脸上仍挂着三分怒气。

豪华三轮

　　擦着铃声到校上班时，大多学生已然端坐教室，伸缩门收拢成仅容一辆汽车进出的狭缝。每周一天的行政门岗，在七点到七点三刻间，才让我有机会观察人来人往，注意孩子的上学。校车接送的名额有限，就近的，排不上校车的，半数以上学生的上下学八仙过海。这些学生鲜有自力更生的，即步行或骑自行车。绝大多数由家长接送，按人数寡众，依次为电瓶车、摩托车、汽车和三轮车。学生啃着早点从车上下来，一、二年级的孩子会在进校门时，转身与家长打招呼，家长跨在车上，慈爱地看着孩子蹦跳着进去，直到消失在人流。三、四年级的孩子，只听见家长吩咐，嘱咐语大同小异，不说，你都猜得到，孩子很少有反应，双肩背的书包随急匆匆的脚步在后背耸动。五、六年级的孩子，身手敏捷，多年的习惯造就配合默契，默默然哑巴一样，似乎所有的言语与肢体动作都显得多余，但等孩子下车，家长飞快掉转车头，连看一眼孩子背影的神情也免了。汽笛声、铃声、人声，乱哄哄闹过一阵，车马渐稀，接送大军中反应始终慢一拍的，是那些爷爷奶奶辈以及他们的三轮车。

乡镇小学的每个早晨都是前一天的翻版，老师在周一或周五值班，在期初或期末，晴天或雨天，场景天天如此。一次上学时段，恰好路过市里一所小学，我发现这里的情形大致相当，要说不同，私家车多些，摩托车基本没有，电瓶车、三轮车依然唱主角。

曾见过这样一辆三轮车，车厢上焊接着坚固的架子，顶部与左右前三方都用彩钢板封得严严实实，后面挂着布帘子——它不是用来做黑车生意的，而是接送孩子上学的专车。三轮车在上了点年纪的人，尤其是老年妇女，是大众化的交通工具，但如这般装饰"豪华"的还不多见。每天上学放学，校门口总有蜂拥的家长，以学校为中心，在通向千家万户的马路、村道、阡陌的车流间，三轮车占了很大的比重，车厢里安详地坐着孙子孙女，而前边弓着背像蜗牛一样一起一伏的总是孩子的爷爷或奶奶。盛夏放学时，夕阳还是火辣辣的，孩子打着小阳伞安坐于车厢的小凳，有时还悠闲地吮着冰棒，骑行的老人汗流浃背，不住地回头叮嘱孩子坐稳；风雨交加的时候，或遇到上桥，体力不支的老人，摸索着下车推行，一手扶车把，一手拉着车厢，艰难地行进；在凛冽的寒风中，在溜滑的雪地里……如果你留意，这种情景司空见惯。

不知什么时候起，上学路上不见了背着书包上学的孩子，不知什么时候起，接送孩子的重任由父辈转移到上辈肩上。年轻父母工作忙、压力大，不假。爷爷奶奶为子女分忧，贡献余热，心甘情愿，也是事实。当一种生活形态成为文化，成为世俗公认的社会伦常，身在其中的芸芸众生，有几个人能洒脱地走出固化的泥沼，心安理得。我在多篇文章中写到，我国传统美德的核心是尊老爱幼，现代中国则将这词的内涵做了手脚，爱且不够，孝也往小辈里孝，我们这里的地域特色尤其鲜明。

于是，这样一幅动人的风景由五光十色的车流改写了——三五成群的孩子，背着书包，或玩耍或嬉闹或追逐或彳亍。那是我们小时候上学的样子。我上小学时路途不太远，十分钟的样子，但那是土路，晴天没问题，雨天很成问题。举着一顶笨重的油布伞走出家门，那时雨伞很笨重，需要两个手同时把着伞柄才勉强支撑，很多次被大风连人带伞卷到田里、水沟、小河。记得从高渠道跨向小田埂有一段落差，中间还隔着一个小沟渠，需要预先屏息定神，收拢雨伞，然后如瞄准靶子一样，飞身跨步，准确落脚。小田埂是家里到学校的必经之路，多人的踩踏使得路面光滑结实，一下雨，路面如泼了一层油，落差造成的冲力，孱弱的腿力，使得这一路的孩子很少能安全通过这个关口。很多同学在这里摔跤，摔脏衣服，摔坏雨伞，摔断胳膊。有一次，走在我前边的同学相继倒下，惶遽的我站在高处始终不敢迈步。小田埂的尽头是一条窄窄的河坝，由于河岸高，河坝中间形成一个深凹，路过这里先下坡再上坡。下坡时一步踏空，如坐滑梯跌坐地上。上坡更艰难，一脚踩不实就滑到底，很多同学手脚并用，狼狈不堪。雨雪再大，莫指望有家长来接送，就算接送也得自己走，家里最受宠的孩子都没有这福分。不要指望谁给送饭，父母都硬心肠，想偷懒？忍饥挨饿半天，放学回到家，没人疼，有的是劈头盖脸的责骂。

　　有一对"活宝"，姐弟俩，父母称一双儿女"活宝"，是因为孩子经常懒学，雨雪天拿扁担都赶不动他们。我至今还记得那个身材矮胖的团脸女人，雨雪天，肩挑两个畚箕，让两个孩子穿着雨衣手拉着吊绳坐在畚箕里。两个孩子加起来有百斤重，女人晃荡着一百斤的担子，在泥泞中跋涉，途中没地方歇脚，走到学校浑身湿透。中午女人过来送饭，放学时把孩子挑回家。似乎应该有一些对话，仅记得老师说得最多的一句话：真是一对"活宝"，将来不考状元太对不起母亲了。女人布满汗珠的脸上，挂着无奈的笑。那两个孩子最终如何？男孩经常留级，读了十年书没走出小学，女孩初中时辍学。可怜天下父母心，挑着畚箕担的母亲是若干年后接送孩子的家长的先驱者，孩子的学业并没有成全她的愿望，却未必是她的罪过。至少在小学阶段，我还是很羡慕这对同学的。

昨天，中心小学开运动会，许多中长跑项目没人报名，二百米已经跑到体力极限了，再远，要长期训练的运动员，而他们中间，很多是外地生。小学生应该是很有腿力的，但我班上那些还算百里挑一的运动员们，除了大嚼馒头水果，运动水平与耐力委实不敢恭维，其中的缘由，不言自明。

现在的孩子啊！总听人这么说，说完摇头。疑问和答案都在"啊"字里，紧跟着的感叹号表示感叹，还是感慨？一字之差，杞人忧天。说别家的孩子尚能理智，说自己的孩子情与理分裂。每次观摩运动会后，总忍不住感慨几句，忍不住与少年时代的同辈作比对。那时候，有谁跑不动千儿八百米？学校里没有运动队，没有运动员。出去比赛前几天，全校学生摆开场子比一比，从中选几个代表学校参赛。我们不需要训练，却天天在训练，上下学途中一路狂奔，割草的间歇蹦跶抡胳膊，农忙时被父母拖着下田，我们个个黑瘦，如埃塞俄比亚小难民，没有一个胖墩儿。这会儿订正作业，班上的胖墩儿站在我身边，比我大两号的衬衣裹着他肉嘟嘟的身子，他与班上另外一个胖墩儿被特许不上体育课、不出操。我认识俩孩子的父母，从双亲身上看不到胖的基因。

静堂下班，我背着电脑包走出校门。泊车位上稀稀拉拉地等着几辆三轮车，老人悠然地坐在车上抽烟，或对着教学楼引颈张望，或蹲在地上无所事事。孩子此时被老师留校，补作业、补背书，几位老人大概认同了孩子的拖沓，却每天准时送、准时候。戴着半盔抽烟的老人是我班上孩子的外公，他咧嘴冲我招呼。我说你至少还得等半小时。他说，啊，知道。他似乎轻声骂了一句粗话，语调中却尽是慈爱。一路过去，但见一个孩子哭闹着在人行道上奔跑，身后跟着一辆三轮车，车上奶奶连哄带骗骂骂咧咧。一定又是奶奶没有满足孩子的要求，没在烧烤摊上给他买烤肉串。孩子使性子不愿乘车，以示不满，以示对奶奶的惩罚。如此错位的责罚总有些令人啼笑皆非的意味，换一种方式呢，我说，错了，应该是孩子不听话，你罚他走回家。老人看了我一眼，没理我，猛蹬一脚，继续追她的心肝宝贝。

难得"告状"

我素来以为，一个合格的老师是不会向家长告状的，尤其是黑状。一个老师，一个成人，连一介孩子都摆不平，总有点那个——那个什么？窝囊，驳面子，心有不甘。几十年来，我一直那么自信着。

开学第二天一早，我检查回家作业。我很在意第一周的回家作业。我一直给学生推崇"慎独"这词，就学习品质而言，回家作业比课堂作业更见端倪，它在学生不受约束的时间和环境下完成，不可小觑，它对一个学期的学习态度起着决定性的影响。没做的要补，马虎的重做，学生觉得在我这老头手里占不到便宜，慢慢就端正了态度，以往认真的会一如既往，不认真的会顿时收敛，中间状态的可塑性最强，他会把字写得比课堂还端正，也会画得如一蓬乱草。我总是以挑剔的目光看着本子，看着孩子的脸，孩子给我面批的时候，紧张地瞅着我，想从我榆树皮似的脸上读出答案。一个个小小的身体围着我，等我挥起手中的红笔，然后沾沾自喜地归位，落座前不忘探头探脑四下张望，这个瞬间我注意力高度集中在作业本上。

批完了。有人受表彰，有人受警告，有人部分重写，这几个重写的字，孩子一定倾尽本事，我说，怎么样？你明明可以写得这样漂亮的！孩子点头。"老师，某某没做！"这句来得突然。我循声过去，那位已经乖乖地从座位上起立了，一位胖胖的男孩。

"回家作业呢？"我自忖说话时态度平和，但眼睛狠狠地盯着他。

他用圆圆的眼睛惊恐地看着我。学生眼里惊恐或是委屈，都很正常，如果漠然，无所谓；敌视，就难弄了。

我继续盯着他，他嘴角牵动着，欲言又止。

"说！你又不是哑巴。"我把频率提高八度。

"没……听见。"

"真的？没听见还是忘了？"

"忘……记了。"

"先补上！"

他点头。

我开始关注他。次日一早到教室就向他要作业。这次不是抄写，是《同步探究》练习册。他只做了一半。

"说，怎么回事？"

"我不会。"他看上去态度诚恳。

我抓起来细看。

孩子很少公开认错，总会找些在他看来充分的理由，"忘记了"能用一两次，"忘在家里"只能搪塞一时，"病了"看似理由充足但经不起调查，其中"不会"最让老师无奈。如果是阅读理解，或则其他有难度的练习，说不会未必是谎言，但有些只需抄个答案，而且字迹极其潦草。

这样的情况不是天天有，至少隔日有。

默写，订正。他错误率极高，订正比别人更费时。一不小心，他把默写本偷偷带回家，下次默写时，发现上次的也没订正好。我终于忍无可忍。

他大脑袋，我如果给他一个"毛栗子"，估计不会太疼。他肉嘟嘟的脸，拧一下也伤不到哪里。但我忍了。我开始注意他如来佛一样的招风耳，揪着一定很给力。而且这是一对不怎么听话的耳朵，揪了也应该。心底里升起的怒火，几乎让我蠢蠢欲动的右手失控，我退后一步，退到手够不上他身体的区域，让他把父母的手机号报出来。他期期艾艾，我说不会让父亲揍你的，他终于嗫嚅着报完电话号码。我知道，一个电话最简单，几分钟之内就将肩上的部分责任卸给了家长。这不高明，实属下策。

我接通他父亲的手机，讲明大概，关照务必不要打孩子。

他收敛了一天，老毛病愣是不改。

他随母姓，大概父亲入赘的。这种家庭身份错位，导致有些父亲不太负责任。我决定找他母亲。

他母亲找到我办公室，一个劲儿数落儿子的不是，她说自己的孩子自己知道，难为老师了。我说我管教凶点你会有意见吗，她说怎么会呢，就怕你不管他。她告诉我，其实孩子很聪明的，就是懒惰——大部分家长都这么说，我顺水推舟道，既然那么聪明，管不好那就可惜了，倘若真是智力问题，那也没办法。她说，你不信，第二、第四课没背的，我今晚就让他背出来。

我将信将疑。大凡聪明的孩子不会太胖，太胖的孩子不见得聪明。这个逻辑无从考证，但我思维定式几十年了。也许源于一句俗语——四肢发达，头脑简单。英国那个科学家霍金，手脚身体几乎都动弹不得，唯有怪怪的小脑袋，不是聪明绝顶吗。

孩子母亲告诉我，孩子患过敏性哮喘，靠激素维持。我开始同情这孩子，回教室里对他说，有句话老师说错了，说你不动脑子吃得那么胖，老师正式向你道歉。他怔怔地看着我，眼里隐约有泪花。这样的孩子还不至于不可救药，我觉得。

次日，他真的把两课落下的课文背了。

我们班还有下一个难管的，而且不是一个。

我忘了，那不叫告状，是沟通，家校配合。沟通的结果，我每天大概会降低发飙的频率，都那么大年纪了，"老火头"还不小，有人说我，话没几句，"捎起杠棺材喉咙"，那时做这活人人都惊悚呢，声嘶力竭一嚷，就把人的体力和胆气发挥至极限，对一个孩子犯得着吗。

这个孩子来自罗墩。良渚文化遗址在罗墩，说罗墩蒙受近水楼台式的文化滋润，或许有些瞎话。那么多年了，天知道良渚的后裔在哪里。但邑中确是民风淳厚，孩子考取大学，小学老师一直是座上宾。很少见得家长去学校找碴儿的。湖边山前，我不敢妄断是谁的后代，但与淳朴相去甚远。这在我先前湖边那所学校能找出若干例子。那也是一次"告状"。

"你是某某的家长吧？"我问。

"你是谁？有什么事情？"

"你孩子学习不好，你关心一下。"

"我忙得要命，哪里有时间。"

"你是他父亲，再忙，孩子的事总要过问的。"

"我花了钱把孩子送到你学校，要你老师干什么？"

我无言。在那里几年，我听多了这样的回答。下边几句是其他老师领教的。

"你这老师不会说点好话，你一打我电话就让我难受。"

"你老师管不好，说明你没本事。"

"我现在一直后悔没把孩子送到市里去读书，让他待在你们学校。"

"读不好书也有饭吃的，我又不指望他考大学。"

……

如果家长与你以这样的方式沟通，你会不会泄气？

我会没劲，过几天还会继续着吃力不讨好，我是老师凭着职业的良知。况且，我相信绝大部分家长不会做白眼狼。如那位家长所言："你尽管对我孩子严格管教，我感激还来不及，怎么会责怪你？"

如今，老师也是个高危职业。一不小心弄出点事来，吃不了兜着走。

但我还是从家长话语里找到了些许安慰。

家长速写

刚刚接手一个新班，第一件事就是了解学生、接触家长。也有巧，有的家长我还没来得及联系，自己找上门来。看来，家长对孩子比老师上心，毕竟是亲生儿女，毕竟是他们希望的全部。我以笔记体记录与几位家长交往的点滴，半学期后竟然有一定字量，回头看看蛮有意思。

1. 她问，这学期你教我儿子了？我说，你儿子哪个班的？那时还没开学，她怎么就知道了我是他儿子这学期的语文老师？她灵敏的感官不由得让我刮目相看。她坦言曾经在上期末找过学校领导。据我了解，她还是那次上访的组织者，带头人。她不知道对前任老师的罢免导致我吃二遍苦，本来领导已经承诺让我教副课。她是暗示，还是随口说说，算不算给我施加压力？

她儿子算得上认真，智力在中等。我给出这样的评价，因为孩子数学时不时落到 90 分以下。孩子字写得好，有模有样，初入楷格。但速度太慢，磨磨蹭蹭，往往来不及按时写完。孩子一至四单元测试都在 90 以上，扣分最多是阅读理解。每次测试后，她就急不可耐地打我电话问成绩。第二单元没及时批，她连续问了两次。她总说儿子退步了，我问何故？她说，第一单元96，后来就没超过这个分数。她打听整班情况，几个满90的，最高几分，是哪个孩子？我说，一两分差距不足以说明问题的，她说怎么不能说明呢？我问她，你上过几年学？她说初中也没毕业，现在也教不了孩子了。我说，又不让你教，监管好就可以了。

她老公基本不管孩子，最近她特忙，可能疏于管理，孩子便松懈了。前天孩子没带墨水，钢笔也是空的。做作业时，他举手说要抽水。我自然少不了挤对几句。她说，我这孩子要管的，一不留神就"拆烂污"。我说，"管"最理想的结果是甭管，关键在于自觉。她说你给我管严一点儿，反正不会怪罪。我说严到什么程度？她说可以轻轻地打，拧耳朵。我说，要打还是你打吧。

这位家长，每天走着送儿子上学，路上遇到我，孩子缩在一边，她把儿子推到我跟前，吩咐叫老师。她一脸笑意，老说自己没上过几天学，拜托老师了。她对分数的在乎非一般家长所比。

2. 这位家长是最早到办公室找我的。开学才几天，她就找遍班主任和任课老师。说的话也是千篇一律，说她孩子与别的孩子不一样，自尊心强，稀罕奉承话，如果一味批评，就会逆反。她懂点教育，大道理头头是道，不由得令我信服。我说，知道了，但是你让孩子表现好些。

我开始关注她孩子。他上课随便说话，做作业敷衍了事，回家作业打折扣。我在家校通中告知她孩子的情形，她说，我觉得孩子蛮好吗，回家第一件事情总是做作业，还说你们老师也没批评过他。我说，你仔细看看他写的字，哪叫什么作业啊，都重做几次了。她说，我孩子需要鼓励的，我做娘的知道他的脾气，你老师多留心发现他的闪光点。

每次新课前，我要检查预习。在我的高压政策面前，没预习的孩子逐渐减少，他却顽强。问何故，不是说忘了，就是说妈妈没提醒，再不就是哭丧着脸。我说，你知道你妈跟老师说的话吧？他点头。四个单元测试，他仅有一次过90分，这个90分，还是我结完分后，改动了判好的作文分，在他本来的89分上添了1分。我说这1分是老师借你的，你该记着什么时候还我，一定得超过91分，才有资格还。至今，他还欠着我1分。

不知这个家长对孩子是否如她嘴上说的那么上心？老师义不容辞，但她似乎把过多的责任推给了老师。如果你一味表现不好，我拿什么来鼓励你，你总得让我找些亮点吧？我要孩子转述我的原话，经核实，孩子从来不敢告诉母亲。

这个孩子已然定型，行为习惯很难改变。不管出于何种护犊心态，家长竭力回避、矢口否认孩子的不足，只要他们内心有架天平，我想，她应该换一种思维方式，毕竟，无原则的鼓励只会害了孩子。

3. 一看他就是打工的。我让他来找我，他站在走廊也不吱声，大概在做心理准备。

他的女儿这学期刚刚转来，基础差得一塌糊涂。默写词语错误率80%以上，第一单元测试生字全军覆没，说明孩子拼音也差。按课文填空，除了不会写的字，还有二十来个错别字。错得也古怪，比如"你"字，"尔"上老加一点，纠正十几次一不小心还出错，"浜"字上面加个"人"字头，"目字旁"不封口，"横折钩"上从不写钩。

我说，你孩子那么差的成绩，能插进我们四年级，想必是有点门路的。但介绍人一定给你担保，如果跟不上有说法的？他说是。我说能进来不容易，你要多花些功夫，就让她多抄抄背背。

孩子一次次进步，从第一单元的40来分到如今近70分。新知识还可以，比如词语能做对80%，但按课文填空还有好多错别字，亏空太大，估计一时也补不上。

这次他来。我把他孩子几张试卷排在一起。让他随意翻看其他学生的卷子。他说，我知道，尽力吧。

期中考试时，孩子考了71分，还是老毛病，光错别字被扣9分。阅读理解没有一道答完整的。孩子从小在边远的南方老家读书，不知道先前的老师是怎么严格要求的。都及格了啊，家长涨红了脸说，考得不是很差嘛。可能在他那儿，60分是衡量成绩的唯一尺度。跟他讲道理很吃力，他还以为我故意找碴儿呢。

他实在吝啬言辞。看他从楼梯下去，我心里也怪怪的。

4.这个家长没见过，打我电话的次数不少。第一次是她问我回家作业，并建议我像别的老师一样短信通知。我说，一共才一点点作业，孩子都记不住？她说，那就让他们抄在本子上。我此时才知道让孩子有一本专门记载回家作业的备忘，开学第一天班主任小邵就让孩子准备好了。

隔壁班的老师也在嘀咕，这年头的孩子怎么了，一点点回家作业都记不住，要老师通知家长提醒。从上一轮的六年级回到四年级，怎么像隔了半个世纪？

孩子倒是长得斯文，他的吵闹也带点文气。他不大声张扬，就是上课下课时刻关注别人，一有风吹草动，伸头转颈，循声凝视，为一点儿小事偷乐。课堂上，我的余光离不开他座位周围。

几个孩子没预习，我会发短信一一告知，有时措辞不太客气。她回话非常及时。"我看着他读的，读了两遍。"似乎错怪了她孩子。"老师你那么晚还发短信给我们，早点休息别太累了。"颇有人情味。"你发的短信真的没收到，我让孩子补做吧，不要怪他。""是我没好好看短信，没有告诉孩子。对不起了。"我再不想说什么。

一个将孩子所有的过错揽到自己身上的母亲，拿"可怜天下父母心"是解释不通的。她总有一天，揽不了，哭不得。

5.这个家长让孩子转言，今天没空，明天来找老师。我等了两个明天，没见她的身影。前一次有过类似情形，其他老师做证说来找我的，没找到。

我打她电话，在走廊里等她。孩子不肯背书，太懒。她说，我儿子聪明着呢，不信，明天就能背给你听了。我说我信。第二天果然。但下一篇他又不背了。我问孩子，孩子瞪大了眼睛看我，眼神有些惊恐。我想他内心以为只要硬着头皮挺过我几句训斥，哪怕被我体罚，就没事了。明天再说，混到放学，得过且过。作业不管有没有做完，孩子总爱放在书包里，等我发现的时候，几课没做。如今每次收作业，我就特别关注他们几个。

她反复跟我强调养大孩子的不易，先天不足花了好多本钱，还有上代老人过于宠爱使得孩子怎么任性。我说，作为父母也要负点责任，多想想自己该怎么管教孩子，否则来不及了。她唯唯诺诺，指天发誓般保证，但疏于管教，孩子还是依旧。后来打她电话，她干脆不接。好不容易在她接孩子时将她逮住，我已经失却了先前的耐心，连珠炮似的质问她，如训斥孩子一样不给她好脸色，她倒是能忍，只说难为情。

后来我想，有其母必有其子。有认识她的教师谈起她学生时代，很多情节仿佛是她儿子的模板。

一个把所有责任推给上辈的家长，是一个不合格的家长。

6. 这位家长曾跟我商量，是否可以少一些机械抄写之类的回家作业。我没正面回答，想等她再次提起时解释。她没再说，而且每次不折不扣地监督孩子完成了。

我问教研组其他老师，怎么没抄写本？他们说时间紧张，课堂上不抄，回家作业要抄的。我想也省心，照办。但几次默写词语甚差，第二单元开始我恢复了抄写。我认为，第一课时挤出十五分钟抄写还是应该的，不管学校有没有要求，一定数量的机械作业必不可少。包括回家作业，否则如何巩固强化呢。

　　这位家长不简单。孩子有些多动，不大肯做作业。有时连哄带骗要几个小时，她看着孩子心疼，但照做不误。

　　她发来短信，说孩子听你的话，你务必关照她读书写字写作文。其实这孩子挺有灵气，她的作文与一般孩子不一样，开头总有非常出彩的句子，比如写运动会，她不是常规的叙述法，而是将最精彩的场景提到第一段，文字活泼，爱用一些感叹词。

　　7.这位家长，我既不敢打他电话，更不敢把他请到学校。他平时从不主动与老师联系，潜意识里，老师与家长的联系都是非正常状态。他的孩子具有两面性，当着老师的面规规矩矩，轻声细语，但等老师一走吵翻天。这种超乎同龄孩子的狡黠，难道不是家长简单粗暴高压管束的结果？这位家长一到校，当着老师、学生的面，把孩子拉过去劈头盖脸一顿猛揍，狠心如后爹后妈。他只动手不说话，孩子不躲也从不哭。他们之间的一切交流以动作为唯一方式，语言功能基本废止。

　　关心孩子，母亲比父亲尤甚。但关心的方式，家长固有的心态，值得思量。

教师节的短信

　　放学刚到家门口，手机上跳出一条短信：我是某某的妈妈，你住哪个小区几幢几号？想送张卡，希望多多关照。

　　这是 9 月 9 日，也就是教师节的前一天。不知与我搭班的老师有无收到她的短信，也不知我身边的同事，我们学校的老师是否有类似的祝福。这种事，都隐藏得很深，一般不会交流。因为无论你怎么处理，怎么自圆其说，结果总是弄巧成拙。老师比常人细腻、敏感，有觉得你显摆，就你受家长待见？有觉得你矫情，难得和尚下山来，美什么？有觉得你虚伪，你是证明自己清高、超脱，淡看利诱，还是想标榜什么？暗示什么？我们总把事情想复杂，把自己想复杂，把别人想复杂，把别人对自己的认识想复杂了。事实上，很多事情的表面就是它的实质，就像我的回信很简单，不要了，谢谢！

　　闲聊间，乡校的教师，羡慕城区尤其是名校的同行，说他们补课费可观，连工资都相形见绌。逢年过节，他们都能收到来自家长的购物卡，一个班五十人，一年几个重大节日，粗略估计也很可观。

城里老师我不熟识，无以了解真相，空穴来风呢，还是以偏概全？道听途说伤人且伤己。城里人都是精英，舍得在孩子身上投资，能让孩子跻身名校的都非等闲之辈，有来路的左手拿来右手送出，不心疼；没来路的不在乎几个小钱，家长送得慷慨，老师拿得心安理得。一旦送礼成为潜规则，购物卡具备了物质与精神双重价值，即家长的认同与尊重，老师觉得是一种荣耀。功利让人的意识简单化，又复杂化。

老话题了，每到开学，总有人把它端出来，先是呈一面倒地口诛笔伐，然后有那么几个高高在上的家伙参与进来，都是老生常谈，并无振聋发聩之处。大背景是社会风气，无疑。而许多家长一边埋怨，一边自觉不自觉地掺和在里边，成为这种风气的推进者。你不送礼，老师不会把你孩子的耳朵塞住，不让他听课。老师最明白这个道理了，可是……一个同事，儿子上高三，她与其他家长一交流，终于坐不住了。她的卡，是扎扎实实拿工资去买的，送礼前夜，与枕边的老公反复商量论证合适的金额。她说，出手前还怕老师拒绝，做贼一般，寻了个合适的时机。班主任接过她的卡，随手揣入口袋，连一句"谢谢"都没有，甚至没正眼看她一眼。这倒罢了，天天盼着老师给她打电话，跟她交流孩子的学习情况，直至高考没等到一个电话。她失望、气愤，叹气、自嘲。我对她说，你呀，枉为老师。不是啊，她说，我是以家长的身份。

某网站爆料幼儿园老师收礼，从上到下气氛一下紧张。网络是把双刃剑，公众享受它的便捷也慑于它的传播。莫须有的事，添油加醋的事，一旦进入网络，便以原子裂变、癌细胞扩散的威势爆发，等弄清真相，澄清事实，当事者已是灰头土脸焦头烂额。到头来，损失的不光是个人，还有单位的声誉。"但愿是造谣、诬陷，不过也不一定没事。"会上，领导统一口径，说得滴水不漏。模棱两可等于没说，我在回答外人询问时掐了后半句，维护单位的荣誉也是维护自身的荣誉。上边来调查，也询问了一些家长，谁也并不希望真有事，结果在意料之中。有人说，坏事可以转变成好事，让人警觉。初听有哲理，其实是当事者的精神自慰。

覆水难收，衣服上的污渍任你怎么洗刷总有痕迹。老师接受询问的时候，同仇敌忾，定要挖出举报者。这合乎常情，却矛头偏离，并不指向让众人蒙羞的收礼者，让最应该受惩处的人逍遥自在，他在暗处笑呢，缺乏自我反省的声讨是愚昧的，有违公理的道德评判更愚昧。诚然，举报者很少站在道德制高点，他们的初衷大多带着个人目的，我们需要激奋，更需要冷静。邻居的孙女在幼儿园读书，他跟我说，某某家长曾接到调查电话。我问他，他说没有，就算送了也说没送，害人家老师干吗？我想他误解我的意思了。他朴素的无原则善良，和对恶俗的认同、妥协，助长了我们这个社会的歪风邪气。

我想，上边也觉察到这个问题了，未雨绸缪，开学时就明令禁止。老师们抱怨，孩子送个鲜花都不可，小题大做嘛。矫枉必须过正，我能理解。老师要与家长融洽，实际生活中，界限不甚分明，吃杯小酒，收一点小礼，似乎不为过，只要不是敲竹杠，不是索取。

道德讲合情，道德讲合理，师德是职业道德，没有情只有理。诚然，你我也是俗人，都非圣贤，那就退一步以私心考量。蝇头小利玷污你的声誉，不值。你收受了家长礼物，孩子肯定是知道的，你在课堂上与还能坦然面对那个孩子的眼神？你是否觉得他的眼神中多了一些内容？孩子想，这老师势必特殊关照我，或者想，看这老师道貌岸然，昨天还怎么怎么，要不你在批评那孩子时，他突然站起来说，老师是不是我爸给你的卡太少？你挖个地洞钻都来不及。

有亲戚在四年级那年转入城里名校，孩子成绩很好，但轮不上当班干部，期末与"三好"无缘。孩子懊丧，亲戚懊悔，曝光了一些猫腻。我说你这些话不能跟孩子说，应该让孩子沐浴阳光，接受正能量，不能让他们小小年纪承受复杂的东西。亲戚说，但是，事实就是如此残酷，家长都想让孩子当班干部，老师实在安排不均，只得让班干部轮换当，连小组长，值日组长都是官，孩子很在乎的。班里个个学业优秀，评"三好"，推荐竞赛，甚至安排座位都要通关系。我的劝说苍白而少底气，如今佛门都非清净之地，网曝五台山假和尚骗钱，真和尚、真寺庙也捣糨糊。我说市里学校有什么好，孩子实在憋屈就转回来。转回来就能公正？亲戚反诘。我无言。

　　短信又来往一个回合，家长不再坚持，加了我微信，祝贺我"节日快乐"。从9日到10日收到几条短信，有用"家校通"发来的，短信里带出孩子名字。有用手机发的，没署名，至今一直没弄清机主，但我知道对方身份，这就够了。

　　我还是怕家长找上门来，早早关了院门。

　　一觉到天明。上班去，神清气爽，步履坚实。

远方的清明

　　一位外地学生家长来校向我请假，说要带孩子回去扫墓，时间一周。那么长的时间，按理可以不允，但我还是默许了。

　　汶川地震后，学校来了三位川籍的学生。上级命令无条件接收，一切免费，这是政治任务。一男两女，男孩读四年级，女孩分别读三、五年级。由于众所周知的原因，恻隐之余，师生们对他们有了更多的关注。那位男孩，长得黑黑瘦瘦，很少言语，脸上总徘徊着与年龄极不相称的忧郁，每每看他，总使我想起"惊魂未定"这个成语。那两个女孩，似乎开朗一些，面对老师好奇的提问，总能用一口川音浓重的普通话回答，但三言两语，看得出，他们都不大愿意回忆那噩梦般的经历。

　　真正有些了解，还是通过他们的家长。这三位来自同一个家族，也是同一个村寨，父母均在这里打工。他们老家在青川，是此次地震的重灾区。那是一段不堪回首的往事，5 月 12 日晚上，得知老家地震后，他们聚在一起，玩命似的往家里打电话，一夜没打通，次日一早，他们就踏上回家的路，经历千难万险，才回到自己的"家",可眼前的山水完全变成了一个陌生的模样。地崩山摧,整个村庄被淹没了,连同屋后的果树,圈里的牲口,统统被埋在几十米或是更深的地下,当然还有他们的亲人,其中包括他们的父母,兄弟,还有邻居。这个庞大的家族,几十口人一下子从地球上消失了。所幸,他们的子女,在另一个山头的小学校读书,只是有惊无险。春节出来的时候,父母倚门远送,殷殷的话语还回响耳畔,而今却阴阳两隔,那种悲凉难言述。更内疚的是,无以收敛亲人的尸骨。于是,在昔日的村庄的位置,筑起了一个个新土堆——我含泪听着,想象着这样的场景,挨挨挤挤,乱坟林立,风雨中白幡飘摇,昏鸦盘桓,这画面,任铁打的汉子也为之动容。

说实话,这些孩子的学习都很糟糕,他们本来基础就够不上我们,又荒废了一个月,再说教材不同,老师们表现出空前的耐心。功课可以补上,可是,那些心灵的伤痛,又该拿什么去弥补?直到学期结束,我从没见他们笑过,他们的家长也是。有一日,那位男孩的叔叔来接孩子,他是这场灾难的见证者,也是他们村上唯一的幸存者。那天,他正爬在村前桃树上摘蟠桃,地震来临时,他吓坏了,没命地往另一个山坡跑……等他再回头,他熟悉的村庄一下子不见了,村后的山头倏然间矮了半截,他不知发生了什么,至今亦真亦幻,恍若隔世。"要真是一场梦就好了……"他嗫嚅着,脸上泪痕犹在,眼眶里却再也流不出一滴眼泪。

冬去春来,一年很快过去,我们对那场灾难似乎淡忘了。那位三年级的女孩,如今已经五年级。开学的第一堂课,我让学生说说春节的活动。孩子们很活跃,随父母拜年,参加婚宴,燃放礼花,看龙灯……总之很开心。我觉察到那女孩也想发言,于是点她。她说,春节时,既没有串亲戚,也没有什么活动,就是跟随父母去扫墓。我说这是你们家乡的风俗吗?她说,不是的,父母说了,打工挣钱不容易,清明节不会再回家了,就把清明提前过吧。我说,都给谁去祭扫了？她背了一大串称谓，"我家里再也没有一个亲人了。"说着她低下了头。教室里陷入沉静，我注意到，所有的孩子都闪着泪花。一个未成年的孩子，一下子经历那么大的丧亲之痛，谁能想象她和她活着的家人，这一年多的内心世界，这一年是怎么熬过来的。世上没有医治内伤的良药，唯有时间能让人淡忘。

那位来向我请假的家长，春节因故没有回家，这次回去，还要代这里的几家去扫墓。他说，其实，我也知道，当时胡乱堆起的坟头都是空的，连衣冠冢也不是，但我还是要回去，一年就这么一次，地下的亲人要盼的。临走时，他千恩万谢，勉强挤出的笑意让我不忍细读他的脸。我摆摆手，目送他出门。所有安慰的话都是苍白的。

远方的清明，让你也接受我，一个素不相识之人，一份诚挚的祈祷吧。

第三辑

村小那些岁月

　　似是运数，这辈子离不开乡土，我几十年的教书生涯大多在村小频繁的调动中走过，其间固然有几段镇上小学的工作经历，很短暂。岁月静好，它将我嗓音的清亮摩挲成嘶哑，它将我的人生在讲台上站成秋天，它风干了一个年轻人当初的傲气和勃勃雄心。回头去看，很多经历已然模糊，大把大把时光遁入我记忆真空，去向不明。我所待的地方叫尚湖镇，昔时有三个独立的小乡镇。我游走于其间的六所村小，前半程当普通老师，后半程则以领导的角色被派往这里那里。本质上还是一个老师，我从无脱离主课，一次次放弃了冠冕堂皇的偷懒机会，就是在列入退休测算表的今天，仍对滑行式的弹性上班毫无兴趣。

　　我在乡人羡慕的目光中走出农门，师范毕业后，又回到乡村。父母对"书包翻身"的我未能四海为家少了些炫耀的资本，一个挤过高考独木桥的读书人，仅仅当一名小学老师，乡人的目光里也缺少了先前的热情。除了户口，并没有真正把自己连根拔起，我仍然是兼职农民，侍弄庄稼，做土坯，打零工，就像与我终日相处的民办教师。只有当我站在讲台，坐在办公室，理直气壮享受单休的时候，我的身份才能明确无误。在以钱为贵的世俗目光中，我一开始就丧失了优越感，工资不如一个初中未毕业的木工、泥瓦匠。民师更惨，很多人没能熬到转正，中途改行。那些坚持下来的，微薄的薪金只够养家糊口，乡下人视攒钱造房为一辈子的宏愿，在他们看来遥遥无期。于是，工作之外狠命挣钱，他们时常一个裤腿长一个裤腿短地小跑着出现在教室，皱巴巴的衣裤，腿脚沾着泥巴。他们农忙时节去队里干农活，节假日做小工，寒暑假去窑厂打工。我也曾那么勤劳过，但歇脚时手里比别人多了一本书。我戴着草帽，皮肤黝黑，肩头红肿，形貌与我的乡人、与我的祖祖辈辈没什么两样，只有手里捏的那本书还能让人感到我潜藏在骨子里的书卷气。

　　乡间没有一条好路。土路，狭窄、坎坷，从小练就的本事能让我在疑似无路的田野里疾步如飞。雨雪天泥泞不堪，上下坡、过小桥都很危险，大风挟雨的天气，走到学校浑身透湿。早期步行，后来有了自行车，能安稳骑行的路段不过一半，遇上尴尬的天气，早晨好端端地骑到学校，回来时把自行车扛在肩上艰难跋涉。后来路况稍好，村里在主干道以横排人字形竖铺三块"八五砖"，骑车似走钢丝，考量车技，车轮滚过，松动的砖块骨碌碌响一路。我在第一所村小只待过一年，第二所六年。我家离学校有半小时脚程，学校没有食堂，我在土路上一天两个来回奔波。一遇大雨，就近的老师总是热情邀我蹭饭，几年间我吃遍了那几家，并成了其中一家的雨天常客。每每走到场角，他即大嗓门吆喝妻子，皇甫老师来了，再烧点啥！一顿照例将就的午饭，由于我贸然的闯入，一家人手忙脚乱。打着伞去菜园摘菜，从瓮里摸几个鸡蛋，煮一块一直舍不得吃的咸肉，肉储藏太久，满嗓子哈喇味。他们的家境都不好，我吃得高兴，吃得心酸。

　　与我同路的男老师说，以后下雨在学校煮饭吧。学校井台边有间小屋，小屋里一个单眼土灶，很少派用场，每次炊前得费力清理灶台积尘及锅内层层的铁锈。没柴火，去后边老乡家要一捆。就一口锅，等饭熟了盛出来，洗净，煮菜，永远是咸菜汤，有时汤也免了，啃他家腌制的萝卜干。一次，这口唯一的锅被村里煮了老鼠药，想想腻嘴，不敢再煮饭。他反复清洗，煮了满满一锅开水，才犹豫着跟我煮饭，一个下午一个晚上，我心里还是不踏实，怕中毒。

整个学校就一间大办公室，校长、教导桌对桌位于后窗西北角，其他老师按资历由后往前排排坐，我，最前排靠门，意味着雨天或冬天随时站起身开门关门。六年间，我是这所学校唯一的公办教师，也最年轻。老师空课时忙于案头，不谈家常，只有午间或放学前说说家事、农事、天下事。老师间关系融洽，首先表现在你来我往地递烟，男老师无一例外抽烟，早晨的第一支烟都是校长率先撒的，课间十分钟老师轮番接力，烟瘾大些的偷偷从口袋里摸出一支，众人哄笑几声，无妨。烟民老师用带徒弟般的盛情与耐心教我学会了抽烟，他们硬是把烟凑到我嘴边，不管不顾地划火柴给我点烟，开始时，只有你来没有我往，时间一长被他们同化了。老师都抽同一品牌的卷烟，使得他们间的你来我往大致互不亏欠。校长出去开会，或是哪位老师出门办事买包好烟，剩余几支带回来分享，整个办公室笑嘻嘻地瞳仁放光。

村小远离村庄，我待过的第二所小学在一块四通八达的高土上，原本是一所寺庙，西北两方长有高大的树木，似寺庙的遗老。学校没有围墙，赤裸着折尺型的五六间教室，操场狭长，路人能清楚看到教室里上课的老师，边走边与操场上体育课的老师攀谈几句，随意走进办公室讨口水喝，村民与老师，家长与老师间都没有隔阂，几年一遇寻衅滋事的家长，过路人总向着学校，帮老师说话，遇到特别蛮横借酒闹事的外人，老师抱团群起反击，这些事放在网络时代，恐怕会让这所小学校一夜成名。村民把读书当回事，所以把老师当回事。孩子送学第一天，家长提着一篮子炸面食类的食品到学校。孩子考取中专、大学，小学老师永远是酒席中的上宾，家长带着孩子给我们敬酒，重复着感激的话。乡下人待客的热情全在扎扎实实的菜里，不太讲究形式，布满沟壑的脸却写满真诚。老师的职业尊严，职业荣耀，在村民的态度中得到体现。

村小老师都是草根出身，底子单薄的他们被令重当学生，中师函授成为一道很难逾越的坎。尽管函授的结果、职业前景很不明朗，但谁也不愿放弃看似一线希望的机遇。星期天面授，业余时间做大量的作业，临考前紧张地切磋。办公室的黑板写满他们的演算，他们尤其头疼三角函数及几何证明题，那些于我小菜一碟的初高中数学，却每每令他们沮丧无比。他们在我面前表现出小学生的谦虚、教徒的虔诚，抢着给我递烟，拉着我给讲解，他们一次次许下考完后请我喝酒的承诺。他们头发稀疏、花白、凌乱，双手粗糙，书教得好好的却没有资格证，使得我莫名的难过。多年以后，他们享受着遭人嫉妒的退休待遇时，大概会感慨万千吧。街头巧遇，或者退协活动时，问我也快退休了吧？我说还早呢。仿佛共事的日子已然非常久远。

那时村小密布，四五所学校组成一个教育片，学校轮流坐庄承担教研活动。活动内容是按照人量身定制的，每次我都逃不了。草根老师的理论水平远远迟后于教学水平，评课总不着边际说些好话谦虚话，抢不到点子上，但很热闹。老师们把活动看得过节般隆重，提前几天拟定接待方案，当天早晨派教师买菜，我上课那会儿，早有手脚麻利的女老师到附近哪个老师家生火准备晚饭。听我课的老师，对我一路夸赞过去，把赞美延伸到桌上。至今我记得一位老教师对我的评价，说我是一盆好花，可惜花盆太小了。我舒坦，并不觉得委屈，觉得分配到镇上中心小学的同学比我有能，更不奢望市里了。有句励志格言，心有多高，世界有多大。确实，我的最高理想是村小校长，每周去中心小学开会，回来组织教师学习，星期一站在走廊唾沫横飞给操场上全体师生上集体晨会。我私下扳着手指计算轮到我当校长的猴年马月，以为做领导如排队买菜一样，讲个先来后到。果然，上苍成全了我并不过分的愿望，让我终身徘徊于这个职位却再无建树。世俗男女，免不了以职位高低来衡量成功，清高、淡看只是失败者的自我陶醉，谁让燕雀不知鸿鹄之志呢。

造房是教师家里最大的事。缺钱，老师们凑一点儿；缺人手，老师帮工，所以多选择寒暑假。偏巧这两个季节都不是建房的最佳时段，我家就选在深秋收割后开工，星期天男女老师都来了，上班时，校长安排好课务，每天派几个老师轮流到我家帮工。邻里和亲友都说，多亏了这些老师。突然的调动让我再无报答的机会，我还指望着帮工呢，歉意令我不安，那种暖融融的不安。

村小教师不太习惯循环，原因多种，固定在一个年级，一门学科，数年，十几年。我在一所学校连续了六年的毕业班数学，每到复习，都有大量的历年试卷，历年试卷中筛选出的经典题目。某些奥数级的难题，是少数高智商学生间较量的杠杆，是一届届纵向比较，平行班横向比较的重要指标。每次讲评，我能列举出几位得意门生的临场解法。那些特优生如今在哪里？那些成绩平平的孩子如今在干什么？很少有联系，即使邂逅，他们认得我，我未必。有次在乡村饭店吃饭，邻桌一个男子朗声招呼着过来敬酒，问我可认得他，我摇摇头，他耐心提示我家庭住址，同学有谁谁，可惜那些名字也陌生。他报出大名，如今当村医。实在有负他的热情呢。他还记得我教他们唱歌，说我风琴弹得好，嗓子好。不是教你们数学的吗？他说应该是。一个主学科老师几十年后留在学生印象中的居然是兼课，我奇怪。村医一口一个恩师，让我脸红。借着酒劲儿，我说称老师够了，"恩"字就免了吧？人说老师桃李满天下，是针对群体而言。大可不必自我陶醉，更不能认为学生欠了老师什么。

习惯了设施简陋的村小，习惯了与人相处的简单，连头脑都变得简单。一所所村小相继消失，我的村小生涯随最后一所村小的撤并画上了句号。我在常人回忆人生的年龄开始写作，每个黄昏，给自己规定一千字的写作量，写文学，也写教育，被迫打断的思路往往延续到睡梦，我梦境中反复呈现的景象都来自村小，恍若隔世。

做个有信念的教师

教育信念决定着教师教育行动的方向。

——摘自《教师的二十项修炼》

行动与信念相关。信念，是行动的指南，是一切行动内在支撑力。而没有信念的行动，无疑是盲目的，随意的，或者是飘忽的。

1. 我的教育信念。

三十年前，我刚从教育岗位上起步。平心而论，师范里学的那些东西与现实总有不小的差距。我对身边的老教师，老领导总是心怀敬意，我曾为自己立言，要当一个好老师。好老师的标准是什么？让班里的学生考个好的平均分，"名列前茅"就是我心目中的好老师。后来，领导派我们到实验小学、石梅小学听课，以王美卿为代表的特级教师，高超的教育艺术，对学生认真负责的态度，让我对好老师的形象有了更具象的认识。

走上教育科研岗位以后，对外面的世界接触多了，才知道只会埋头教书的老师不是好老师。因而，要会教书，还要会科研，但是很不幸，许多人以为科研就是写写论文、做做文字游戏，实际上，这样的理解不但偏颇，而且浅陋。

几年前，我在一所破落的村小教书。在新教育的背景下，这种环境与时代有些落伍，但这并不影响我们对教育内涵的理解。学校大部分是外地生，他们以及家长们以享受着与本地孩子同等的教育而幸运，虽然这在我看来只是一种最低端的要求，"你们学校的老师就是好！"家长最简单的夸赞，总是令我们感动。

一个偶然的机会，看到某学校语文组组训：教会孩子"说一口顺顺溜溜的中国话，写一手方方正正的中国字，写一篇洋洋洒洒的中国文，做一个堂堂正正的中国人"。一个语文老师，真的能教会孩子这些，足矣。

我们学校的校训为"博"。相信很多人思忖过这个字，一个老师，他的内涵，他的学养，他的精神世界，能做到"博"，当然是好老师。

郭元祥说，教师信念的核心是教育价值观和学生发展观。其首先是学生为本的观念，其次是全面发展观，再次是教育本质观。教育即培育儿童生命价值。这些理念，不正是一个堂堂正正的中国人么。

这些话很值得玩味。

2. 信念需要坚守。

在我们的工作中总会遇到不如意的地方，总会遇到不顺心的时候，甚至会遇到想放弃的时候，这时候一直是信念在支撑着，让我们坚持下去。如今阅读《教师的二十条修炼》，对于曾经的困惑和迷惘，似醍醐灌顶，坚持自己的信念，从多方面修炼自己，不敢说一定会有所建树，但至少我们离实现自己的职业理想又进了一步。

几年前，笔者因征文《守着自己的精神家园》写过如下一些文字：

"作为老师，你可以看作是一个职业，是你养家糊口、衣食住行的保障，但也应该是一项事业，是你精神的家园。"

也许，这些话可以作为坚守的一个佐证。

成都一所学校的教师誓词，有教育的激情，也昭示着教育的坚守：

"……我将成为一个终身学习的倡导者，实践者和示范者。即使非常辛苦，我也将坚定不移地实现这些承诺。"

一位老师说："教师啊，无论你是否伟岸英俊，是否靓丽动人，只要你注重修炼自己的气质，你的形象就会价值连城。"可惜我们大多只能纸上谈兵，有些人连谈也免了。比如，那些以敛财为目的的有偿家教，老师在社会的基本形象本就不佳，被这些人一折腾，更是臭名昭著。

一次放学后，我发现一位家长把车靠在路边打电话，从只言片语听出是与孩子的老师通话，告诉对方准备了一些小意思。不多会儿，一辆车靠上来，家长拎出一大包东西，老师似乎没作推让。我并不想窥视别人背后的世界，只是碰巧撞见，这个场面反倒使我尴尬，我逃也似的加快了脚步。我一直敬重这位经常被评为优秀的老师，这一瞬间形象破灭。老师底下说某老师擅长"搞关系"，吃不完的请，抽不完的烟，连蔬菜都有家长送孩子时给放在门卫。闻之，我摇头。老师谈起这人，态度暧昧，鄙视、嫉妒、羡慕兼而有之吧。一旦冠冕堂皇的指责后面，藏着不为人知的私心，就连眼神也变得闪烁。

在那么多唾手可得的利益面前，你能坚守吗？在这个世界，坚守太难了。

3. 信念在于毅力。

美国总统柯立芝说："在世界上，毅力是无法替代的。天赋无法替代它，有天赋却失败的人比比皆是；教育无法替代它，受教育却失败的人到处都有；才能无法替代它，有才能却失败的人随时可见；只有毅力是无所不能，所向披靡的。"

你想成为一个成功的学习者，往往取决于你毅力，有毅力对我们的人生太有价值了，它会造就你人生的各方面，给你带来无限的快乐、成功、满足和成就。

记得一次会议上，校长说过，一个人的成就大小，在很大程度上不是智力的差异，而是意志。这句话不是他的原创，但我信，因为他本身就是一个很好的例证，无需赘言。

就人的本性而言，惰性几乎就是与生俱来的。能把简单的事情坚持下去，需要毅力。坚持终身，那可谓是非凡的毅力。就拿锻炼身体为例，坚持半年一年已经不易，三五年的凤毛麟角，终身的更是不可思议。想想简单，不就是每天出去跑几公里吗？其实还有天气，身体，还有诸多因素。当你第一次为自己找借口的时候，你离半途而废就不远了。

在下也曾努力过。刚刚参加工作的时候，通过成人自学考试，在百分之三的通过率中，1987 年率先拿到大专文凭，但本科终于没能坚持下来。20 世纪 90 年代中，撰写了不少的论文，近十年却几乎无所获。文学创作也是如此，三天打鱼，两天晒网，看到文友们一个个频频爬上省刊，心里好生羡慕。一个暑假，也曾计划几个作品，终因懒惰而流产。自慰缺乏那份才能，也罢。安利传销疯狂时，我多次受邀听课，传销中的欺诈也是一门艺术，某些理念，某些励志言语还是很经典的。比如，每个人的心脏都有阴阳两面，一面代表勤奋，一面代表懒惰，也就是说惰性是与生俱来的天性。两者的逆转只在一念之差，方寸之间。

偶尔看到这篇小文，题目《坚持就是胜利》。"人人都有理想，但不是每一个人都能够实现自己的理想；人人都在现实中活着，但不是每一个人都能够正确认识自己所处的环境。于是，有一部分人展开了翅膀飞向了理想的天空，有一部分人却驻足在原地停滞不前。"看来我就是后者。

临渊羡鱼不如退而结网，是这么个理。格言背得再多，哪怕你能上台宣讲，何用？

郭教授说得好："作为一个有品位的教师，他必须有信念；作为一位有品位的教师，他必须坚持自己的教育信念。"

汪国真的《热爱生命》，诗意的语言，传承的同样是信念：

> 我不想我是否成功
>
> 既然选择了远方
>
> 便只顾风雨兼程

20 世纪 80 年代，汪国真迷倒一大片。即使有那么多所谓的诗人，自命不凡的评论家围攻抨击，说他的诗不是真正的诗歌语言，他也算不得真正的诗人，却无损读者对他的膜拜。哲学标签有什么不好，他也开创了一种诗风。

老师大多不会写诗，但结合自身来领会估计没问题：做个有信念的老师。六十岁学打拳，说的是我们这个群体，当然我离六十尚有些时日。

人到中年当自勉

这件事并非虚构：某年级的教材中曾经有一个口语交际题，那上边有几幅彩图，包括悉尼歌剧院、香港维多利亚公园在内的四个世界级的景点，由于教参上没有答案，上课时任凭学生胡猜乱想，教师或莫衷一是，或敷衍搪塞，搞得学生云里雾里，天知道最后是怎么收场的，为什么？教师自己也不知道。我为他感到汗颜的同时，也为他的学生捏了把汗。

再举一个例子：一位老教师在教课文时发现有的生字自己也不认得，她灵机一动，对学生说，看哪个孩子最聪明最勤奋，老师还没教的生字已经认读了。她没备课吧，或者记性不好？耕读老师出身的她基础差，尚能说是历史原因，众所周知。但是，沾沾自喜地拿这事标榜自己应变能力好，掩耳盗铃，以耻为荣，能说得过去？

也许这样的事情或多或少在你的周围甚至自己的身上发生过，不妨说，世象万千，人无完人，个人的知识储备永远是沧海一粟。而我以为，这样的事情毕竟是令人遗憾的，作为教师理应避免此类事情的发生。

　　我向来对自己的语文水平有些信心，至少在女儿面前虚撑着面子，她今年考上了大学，我在整理她的那些习作，阅读她发在博客中的文章后突然发现，自己的那些自信已荡然无存，无论文字的功夫还是对生活的思考，她已经远远超过了我，转而产生的危机感着实困惑了我好久。

　　我曾经写过一篇小文——《何妨六十学打拳》，对中年教师群体表示忧虑，也许在年轻时也发奋努力过，但随着年龄的增长，用于学习的时间越来越少，前进的脚步越来越慢，但离退休还有一段漫长的路，这段路怎么走下去？

　　我想从学校的博客谈起——金校誉之"心灵沟通的窗户""思想碰撞的舞台""学术交流的园地""成果展示的平台"。到目前为止，在这注册的有八十五人，但四十岁以上的不足十人，即便这九人中，领导层的也居多。去年博客刚开办时，由于对四十岁以上的没有要求，加之在村小，我自然也就不闻不问，作壁上观。风起云涌，我逐渐对这个新生事物关注起来，一年间，从"阡陌漫步"到"风起的日子"一直稳居在热门榜上，十位共发日志1916篇，占总数5572篇的34%，平均每人每两天发日志一篇，不想不知道，一想，我辈自然只能望其项背、自叹弗如了。开学后，在活跃的博客队伍中，有两位进入我的视野——"真心英雄""夕阳照"，这便有些令我不安了，他们是我的同龄人，其实比我年长，数量表现的勤奋，思想昭示的深刻，文笔流露的才气，使我刮目，在不知不觉中，他们成了同龄人的楷模。

　　几年前，因为修改一篇演讲稿，我认识了中心小学一位叫晓兰的青年，经过攀谈得知，我曾是她哥哥的老师，印象中依稀记得在吉桥，是有这么一对兄妹手牵手蹒跚上学，昔日那个胖乎乎的腼腆的小女孩是去和哥哥上幼儿园吧？而今写得一手好文，她这是去参加市里的一个演讲赛吧？她把讲稿贴出来，让师友们讨教。讲稿从城市的"精、气、神"联想到人的"精、气、神"，整体构思不错，单看文笔也在大气中含秀气，只是在围绕主题选材及叙述跟议论的结合上略欠火候，演讲稿的语流、节奏把握不够，因为这需要一定的音乐和古文基础。我这人热心肠，跟帖留言后，她邀我面谈，后来才知道这也是领导的意图。她并不像有些人那样有点"三脚猫"的功夫便浮躁虚荣，倒还是谦逊朴实。她以纯真的眼神看着我，把我所有的意见一一详细记录，夜里修改讲稿，次日在QQ上发我，征求意见。未必我的建议都正确呢，她一口一个老师，她的谦虚，她对我的尊敬同样使我感到汗颜，其实她远远超过同龄时的我，即便身为人师几十年后，还应想到后生可畏。后来她得了二等奖，奖品是一支钢笔，她一定要转送给我，还贴了一本精美的笔记本。好多年没收过与文化与职业沾边的"大礼"了，我激动地笑纳。

不由得想到于永正上课，他出身不是正牌师范生，起点不高，而且出名也在四十岁以后，可以说是大器晚成，上课没话说，版画也好，京剧唱得好，一曲《野猪林》唱得惊悚。他现在该六十岁出头了，但精神可嘉。这才气的背后是什么，我们在羡慕的同时理应好好思考的。

学习、思考、实践，是人生的三大支柱，学习使人渊博，思考使人深刻，实践使人充实。培根说，少年是一个梦，青年是一首诗，中年是一篇散文，老年是一部哲学。我还不到总结人生的时候，似乎还有一段散淡的滑行。也正巧，这个时候我开始学写散文。休要小瞧这种无套路的文体，上手容易写好不易，越写越觉得不会写，就对了。

人到中年当自勉，没有借口，只有楷模。

守着自己精神的家园

这是十年前《中国教育报》的一则报道，说在四川省双河，一对民办教师夫妻，在墙坍壁倒的山村小学教书大半辈子，看着一个个孩子因为教育资源贫乏相继辍学，内心焦虑，从而萌发了一个念头，倾尽自己的后半生，建造一所两层楼的新学校。他们耗尽十三年的时间，用自己屡弱的肩膀和毅力挑起了一所小学，而自己的两个孩子却因延误治疗而过早夭折。这对夫妻的事迹，并不逊色于后来央视"感动中国"的教育界人士，那时候还没有网络，他们姓名、事迹网上查不到。

我在上海电视台看过一档电视节目。说有一个来自河北的学生，依靠自己的努力考取了上海师范大学，由于学业优异，毕业分配时学校推荐他继续深造，日后留校任教。他谢绝了学校的挽留，执意回到家乡当老师。他的家乡在山上，在终年风沙、水资源严重匮乏的山顶。他放弃都市舒适的生活，只为一句当初的承诺：学成归来当老师，让更多的山里孩子走出山里。

下面这个故事也发生在几年前，或许由于艺术加工，而被赋予了传奇色彩。说在某穷乡僻壤，小学里的老师因受不了苦，当然更主要的是因为寂寞相继离开，来一个走一个。好容易盼来一个小青年，但随着时间的推移，他的满腔热情被无情的现实所冷却，昔日女友的离去更是使残存的热情荡然无存。老师走的那天，学生们流着泪送了一程又一程，女生们更是哭成了泪人，她们拉着老师，恳切地说："老师，你别走，等长大了，我们都嫁给你……"

这些故事，已经楔入我记忆的深处，回回想起，便是一番酸楚涌上心头。如果说，这仅仅是同情或是景仰，那都是对他们的亵渎。故事的主人翁也是老师，但他们与我们的处境却有着天壤之别，殊不知越是那些穷苦的地方越需要教育。在这里，为师者教育水平的高低，教育能力的大小已经是另外一回事了，甚至可以不去说它，不必想象，那样的老师会怎样的兢兢业业。收入、待遇、地位、工作环境，许多我们认为重要的问题，却变得那样渺小，在我们身上那些沾沾自喜，引以为荣的一切同样变得那样渺小。

如果我告诉你，在物质捆邦精神，实惠替代信仰的当今社会，还有另类，你信吗，你说那是信徒。不错，你没到过西藏，你没见过在漫漫路途上去拉萨朝圣的信徒的虔诚。他们的内心世界，估计你一无所知。

也许我们的师德教育太值得怀疑了，推而公民的道德教育，退而学校的德育工作，我们总是在"说教"上大做文章，形式是枯燥的，效果是糟糕的，有时也不乏兴师动众，问题是是否真正触动了人的灵魂。为什么一场报告，一场演讲的作用还不如一台小戏，一个小品？

几个故事仅是我记忆的一隅，想起他们，便是对灵魂的触动，灵魂的洗礼，灵魂的拷问。理想的追求代替不了普通的准则，现实也成就不了我那样伟大，但总该时刻拷问自己：是否守住了最起码的道德底线？自己身上流淌着的还是不是热血？

美好的理想总是被残酷的现实所粉碎。或许，有人在读这些报道的时候，或是无动于衷，或是表示怀疑，或是骂上一句"精神病"，继续发他的财去了。物化的现实总比空洞的理想要具体得多，就连自命清高的古代读书人，也以此为动力：书中自有黄金屋，书中自有颜如玉，书中自有千钟黍，书中自有车绵绵。但凡普通的人，都食人间烟火。成熟与适应世俗是不画等号的。而在你内心深处，是否还保持着一方净土，在你独处的时候，喉咙里是否还能发出大自然的天籁？

一个莎士比亚与一个印度（当时的英国殖民地）哪个更重要，人类崇高的精神财富在统治者的心中占据了那样无以替代的位置。与人类崇高的精神展开对话，便拥有了丰富的精神世界，拥有了蓝天，拥有了自己的一亩三分地。世上的净土大多是一块荒地，不要试图开垦它。作为老师，你可以把老师看作是一个职业，是你养家糊口、衣食住行的物质保障，但也应该是一项事业，是你精神的家园。

多读励志文字的人，内心总有澎湃的热情，一个充满人文情怀的人，难免与周边的人事格格不入。小心翼翼地把自己的清高藏起来，游走在尘世与理想之间。理想很丰满，现实很骨感。忽然没劲的时候，我会在校园里彳亍，紫藤架下走走，花花草草看看。我突然理解了为什么有些人放着舒适日子不过，热衷放浪山水。人如草木一样慢悠悠地活着，多好。一花一世界，一树一菩提，眼前这些花木，保管着学校里的一方天地，收藏着红尘禅意的时光，而我，只需要保管好自己的灵魂。

规划你的后半生

　　一个人静待时，免不了回忆。人说，愈加频繁的回忆状态是步入老年的象征。青少年是不会回忆的，没有回忆的意识，更无回忆的必要，相反有足够的资本憧憬。回忆未必是一件美事，当你抖落一地往事杂陈，蹉跎、机遇一类的词汇每每涌上心头，良久，都化作一声叹息了。

　　如果你觉得做官是成功的标志，那么我已然失去了机会，因为早就过了培养提拔的年龄。如果你觉得赚钱才是最大的成功，那么我这辈子已经发财无望，一介小学老师，就挣那么点小钱，饿不着，撑不死。如果你还有其他说法，那休怪我没耐性继续听你说。我这人，迂腐得很。

　　敢说这辈子机遇从未恩赐过我？它稍纵即逝，只是当时没觉得，或者没好好把握。没有把握的机遇，不说也罢，就当没遇见过，阿Q精神可是国粹。你看，我心态特好。刚才还说叹息呢，其实认命比叹息让人舒坦。

　　最近高中同学相聚，一部分撇开不算，远走高飞的同学跻身学林官场，留守创业的财大气粗，都算事业有成。唯我等抱着鸡肋的人微言轻，星光暗淡。我带了几本书，新出版的散文集。一时，索书的，请签名的，预约的，全场焦点瞬间转移到我身上，话题也以我为中心。同学用了很多"如果"，"如果"是对我机遇的假定，紧接着是千篇一律的美言。同学们不知道我写文章的动机，以为我真有什么才华。高中时我是学理科的，更弦易辙当了语文老师，写着玩玩出了两本书。书搁着也是浪费，给同学玩玩，仅此而已。在时常来往的圈子里，我那点雕虫小技不足于显摆，文友大谈"文学""创作"时，我一贯充当听众。即使在圈外，我也小心翼翼地回避着这一类词语，"文学"太神圣，"创作"仗才气。涂鸦几个博文，在低级别的报刊发几块豆腐干文字，就以作家自居，岂不让鸡鸭笑掉大牙。

多年前偶遇一位儒商，令我改变人生轨迹。席间几人急吼吼地吃完，嚷嚷着抓紧时间。他说把时间耗在麻将桌上，才是真正的浪费，不打麻将可供支配的时间该多充裕。他的话，让我颠覆了对这个群体的固有印象。我们称这个群体老板、土豪、企业家，以为他们都日进斗金、吃喝玩乐。他只表述自己的意念，未必能得到多少人认同。他无意对全民性的嗜好指手画脚，却令我如芒在背。年轻时沉湎四方桌，多少大好时光连同意志一起沉沦了。

我在学校网页注册，想不到跨入另外一个天地。八股文没兴趣，那就弄点别的。既无文体概念，也无规则方圆。2008年镇里出《常熟田》专版，胡乱投几篇，竟然挑了大梁。在市报和市刊陆续发过些小文，在市里征文赛得了三次一等奖，两次上省刊《雨花》后，圈子不断扩大。而今，借助《燕赵文学》这个平台，结交面更广，其中不乏国内一流的作家和评论家。当然，圈里亦非净土，不认识人不拉关系，发表作品很难。我相信一位老作家的话，不要过于盯着发表，先练好内功。经读者和时间检阅，最终，文章好才是硬道理。我语言天赋不足，起步也晚，但这无碍我的爱好。能走多远，但看造化。

这几日，退休教师穿梭般来校打问加工资的事，这次涨幅很大，普涨一千多，因工龄打折的也近六百，多数人一脸喜气，总有那么几人内心不平衡，说等着买房买车。我说，一个月少则四千，多则七千，哪用得完？这些钱只代表阿拉伯数字，是给你们孙辈的，"儿孙自有儿孙福，莫给儿孙做马牛"。退休后的他们似乎更忙了，有的在家帮子女打理生意，有的带孩子，有的发挥余热返聘到民工学校，稍微潇洒些的，热衷健身，或早晨一张报纸一杯茶，下午一场麻将。唯独没有修身养性，练书法，写文章的。临退休同事也开始憧憬、规划退休生活，有豪言壮语周游列国，有将田园生活想象得诗意闲适，有向往都市的热闹，却都不像一个教师，一个知识分子的退休生活。

我不像其他老师盼星星盼月亮盼退休，说不定轮到我退休延迟，工资与企业退休人员接轨。随遇而安，知足常乐。

这一年，因老校加固整修，小学部搬到原来的成教。成教已然撤并，没有学生了，却让部分教职工留守。他们的步态，与一天到晚步履匆匆的我，以及我的同事形成鲜明的对照。无所事事，他们的日子滋润得让同事们眼红。我真不羡慕他们，只是想，如果有那么多闲暇时间，能写好多文字呢。忙点无妨，哪天浪费了时间，我有负罪感。

文章是讲求"个体精神"的，"文化自我"应是一种身份标识。这话似艰涩。大致意思是人格的独立，不为任何外在力量所左右。写文章如此，人生也如此。前半生蹉跎了，且罢，后半生还属于自己。一遍遍对自己说着，后半生的轨迹渐渐清晰起来。

我像不像老师

　　很少有人说我像老师，大概是长得不够"老师"。小学老师也算知识分子，按大众化的认同，白白的皮肤，文文的举止，瘦瘦的身材才是知识分子标志性的形貌。而在下，惭愧得很。白，这辈子没指望了，还连累女儿，我父亲，包括爷爷都有白的基因，可惜没传给我。文气离我太远，念了几年书始终没把武气赶走，也罢。瘦也曾瘦过，可惜"瘦景"不长，上帝曾想把我塑造成好农民或者是泥瓦木工，没个好身体不行。世人常把读书人简括为白面书生，看着进出校门的同行们一副副标准的书生模样，黯然中添了几分卑微。

　　小时候听同学说，某老师不像老师。我觉得他们本该就那样的，张老师粗壮，吴老师高挑，李老师清瘦。人的模样就是名字对应的外在特征。比如听到杏花，就无端想到那个圆脸的姑娘，卫良肯定是拖着鼻涕的小男孩。我比同龄的孩子单纯，从没对老师有过职业性的评判。某老师时常拖着皱巴巴的甚至挽得一长一短的裤管，迟到课堂，他更像地地道道的农民。耕读教师嘛，上班前还在农田拔草，下了班后匆匆去坯场做土坯。同学又评价道，某某老师才像老师。他穿皮鞋，裤缝烫得笔直，还会说普通话，举手投足间透出儒雅。学生朦胧的审美里，长相，衣着，风度，都给了老师职业性的定位。

肉身皮相，爹妈所赐。开国皇帝未必相貌堂堂，但王孙贵胄个个玉树临风，如花似玉。得益于遗传的改良，也因了相由心生。林肯说过，一个人三十岁以后要对自己的长相负责。但他说的是长相吗？是一个人的气质吧？按说气质是内涵决定的，但也不尽然吧？有的气质高雅，肚子里没什么货；一肚子学问的，看似老土。细想想，所谓哲理间也多有相悖，林肯那句很伤人的名言，与中国式古训"人不可貌相"截然相左。电视节目主持人给众多选手端出一道选择题，"曹雪芹长什么样子？"结果都选了"肤白清瘦"，主持人哈哈大笑，说曹雪芹长得黑胖。也不知道哪来的资料，大文豪尚且长这样子，稍稍给了我安慰。多年前去苏北一个初中考察，那边领导对这所学校的校长这样介绍：长得像演员，身体是运动员，学问胜研究员。校长举手投足，一颦一笑，磁性的嗓音都是魅力十足。不说女的，连我这样的同性都喜欢他，也有点嫉妒他，世上好事都给他占尽了。在校长的陪衬下，那位局领导相貌平平，但他一开口，妙语连珠，很多数字如在嘴边，他的记忆、口才、学养令人肃然起敬。

网上曝出某地一位女老师的私照，招得哗声一片。说好的，"身材曼妙，美目传情"，说不好的，"浓妆艳抹，太过性感"，帖子大多数是不痛不痒的灌水帖。许多网民觉得，长得漂亮与否跟老师职业无关，但"露"和"艳"有悖教师形象。这年头，社会性行业总是倍受贬褒，公务员、警察、医生稍有不慎就会招致口诛笔伐，一向不太惹人眼羡的老师同样处在舆论的风口浪尖。对学生的态度，回家作业多少，有没按时放学，评选"三好学生"是否公正……都可以招致家长的不满，动辄打电话责难，去上级部门告状，网上晒晒。

在理的，误会的，借题造势的都有。等事情搞清澄清，老师的名声也如泼出去的脏水再难挽回。就连老师穿的衣服，开的车子，走路姿势，都会招致议论。"像老师吗？"式的质问成为某些人对老师最具杀伤力的诘难。更有甚者，以个体延伸到群体，以偏概全断言行业性地评价。这是我们时代的悲哀，也是言论无厘头恶搞的悲哀。

有一回，我到一位本地颇有名气的特级教师家拜访，他在辅导学生的间隙偶尔与我敷衍几句，给我的时间都是零零碎碎的。他家里有十几个学生在补习，一拨十几个，一天三拨，一个收一百，一天收入就是五千元。特级教师的名气来自他的才气和先前付出的努力，在别人休息玩乐的时间占些"财气"也无可非议，问题是，他平均给每个学生讲解的时间为十五分钟，收费是否太"黑"了点？何况，他在学校上班时刷刷地为自己印卷子，占用了上班时间和公共资源。他解释道：一节课五十、一百不算什么，大地方有名师一对一辅导，开出的价每节几百、上千，名师都为数学竞赛甚至高考试题命题，他有"针对性"地辅导的学生当然很得益。相比之下，这位天天聚了一屋子学生的本地特级，只能算是苦力了。天价补课的背后很滑稽，它有市场有需求，家长一边埋怨一边点头哈腰求人介绍，心甘情愿地把省吃俭用的钱大把送出去。作为他们的同行，一个兢兢业业挣点死工资的同行，羡慕、嫉妒，同时只能哀叹了。

一个人，一种职业要通过辩解来树立自己口碑或是证明自身清高，那是很可悲的，也不需要。一次放学后，一位老者站在教室走廊对着窗户大声谩骂，老人是来接孙子的。大概等不耐烦了，火气蛮大，女老师红着脸小声解释着。"没本事的老师才整夜学！""读不好书不关你事！"老人不近人情的话语，让老师心凉。过了几天，我跟那位一如既往卖力的老师交流，我说家长也不理解，马虎点吧。她说，那样的家长毕竟是少数，凭自己的良心吧。

我校教师青黄不接，中坚力量薄弱，老教师偏多。按内部规定，退休前一两年可以享受"上副课"的待遇。年轻教师事多,结婚、怀孕、生育,老教师似机动部队,随时有可能被拉去救急,一去就是一学期。他们偶尔也发点牢骚,透口气,该干吗还干吗,戴上老花镜规规矩矩地备课、批作业,准时准点进课堂。思想境界不在嘴上唱出来的,得看实实在在的行动。

教过的学生还记着我,若干年后还亲热地唤我一声老师,走在路上,去菜市场买菜,没有人背后指指戳戳说我,家长听闻孩子分到我班上,眉开眼笑地说很放心。不需要豪言壮语,也懒得理睬闲言碎语,这就是淡定。像不像老师?不是谁说了算,谁说了都不算。

老师的第二张脸

寒假前，学校组织四十周岁以上全员粉笔字赛，此为中老年教师基本功赛系列之一。青年教师日子不太好过，平日活动名目繁多，各类赛事不断。老人盼退休，青年盼四十，一过四十岁门槛就可以喘口气了。学校把中老年推向前台，创意别出心裁，且莫紧张，就当休闲。

要求相对宽松自由，然若无其事的神情，难掩微妙的心态，这个年龄伤不起。一百多老师，一口锅里吃饭，抬头不见低头见，彼此间以"人"的面目相处，而教师的面目如笼薄纱。老师各有一个独立封闭的工作场所，走过窗前，听他们的片言只语，瞅见或多或少的板书，印象零碎、模糊。"老"代表资历，有人总结"60后"的十大特征，第一条就是开始倚老卖老。"我们年轻时啊……"大可以在小青年前摆摆前辈资格，差遣些小活计。一旦真刀真枪抖露底子，参差、良莠立马分明。"他的字这样蹩脚？""他写的什么狗屁文章？"年轻教师对他们多年建立起的崇拜瞬间大打折扣，被仰视的眼神顿时黯然。老教师呢，清楚技不如人的，不乏自知之明；免得丢丑的，借故逃避参赛；装模作样说几句酸不拉几风凉话的，缺乏最起码的勇气，还不如纯粹为了得一份纪念品的来得实在。

半块黑板，一盒粉笔头，一绺小纸条。参赛内容是一首七言诗，二十八个字，带标题、朝代、作者共三十五字。练过书法的都不陌生，名家经典作品，菜鸟涂鸦之作，不要太多哦。张继的《枫桥夜泊》，苏教版、人教版小学语文教材任何一个版本都收录。也真有老师照着抄写的，背不出？之前我跟评委说，说个内容就是，何必去裁一张张小纸条？钢笔字赛背不出《水调歌头》尚说得过去。"实用性与艺术性的结合与统一""从字体结构、章法布局、完整、美观等几个方面评定。"解读细则，所有要求指向艺术性，实用性比较模糊，大概是针对教学对象，写正楷或规范的行书，舍弃怪异不实用的篆书、金文、狂草之类过于艺术的字体，其实，你放胆让老师写也不会出格。

书写完成的老师结伴互观，不参赛的青年教师也兴趣盎然。从底楼的一年级（1）班到三楼五年级（1）班教室，走廊、楼梯脚步声穿梭，真心诚意地夸赞一番，言不由衷地敷衍几句，其乐融融。有空着弃权，有只写了标题、署名，有埋头擦擦写写的。有一位在犹豫转悠，她说不会写，意思字难看。旁人调侃道，不写没有参与奖的。她试着写几个字，似征询别人意见，擦了写，写了擦，最终是否完成不得而知。我觉得行书比正楷讨俏，正楷都懂，常人对它的鉴赏力远胜其他字体。龙飞凤舞的行草更唬人，鉴赏需一定功力。一等奖的老凌抛开擅长的行书，他的学生见过他中规中矩的正体，评委们还是第一次。有一评委级的人物说他写败了几个字，信口说这几个字一定比他写得好，老凌气得鼻子都歪了。老王在教导处时，老校长曾指着活动安排的大黑板赞不绝口，嗯，这才像教导主任写的字！的确，老王的字珑秀、灵气，笔画穿插呼应，自成一体，得一等奖无虞。二十八个字中，我觉得"夜"字最难写，重心难于摆布，如果写成草书如"狂"字，别人还以为我写错了。"城"字的草书变异很大，能这么写？竟有疑问之人。一等奖出乎我意料，自我感觉二等奖不错。评委小瞿问我，为什么不竖写呢？他以为那样效果会更好些。照应到实用性吧，我说。还有一位问我，你这算什么体，自由体？听上去很内行，我被噎着了。外行故作内行装腔作势，若非底气不足，也是有失厚道，不过这种做派大可不加理会，每个群体都有三教九流，倘若他换一种口气跟我说，他就不是他了。

我把几幅字发在微信共享中，微友们哼哼哈哈，暖话带着调侃的意味，一个微友戏谑道，其中第几张最好！他们说的是我那张，我有签名。微友"春风化雨"留言：嗯，好是蛮好，但似乎还缺点什么，哦，还不到眼前一亮的境界。感谢她的直言，等我晕晕乎乎飘起来时，她给了我迎头一棒，让我回归自知之明。再看看，在下那手字确实不咋样，有的重心不稳，有的部首欠匀称，有的笔画不到位，总之，细细看几乎每个字都有缺点。以前写过博文《善待批评》，刚工作时，老校长偷偷将我的备课示人，"还师范生呢，字像什么？"我记住了那个难堪的场面，发奋练字。老教师中不乏写一手好字的，见谁模仿谁，渐渐觉得他们的字不过如此，自己的字看着舒服些了，并且能一眼看出别人写字的缺点，这个过程很漫长。工作调动后，新同事夸我"不愧师范生，一手字不错！"我说曾经的痛，他们不信，觉得我谦虚。

一位家长跟我闲聊，她女儿学业优秀，字不好。孩子说，皇甫老师的行书很漂亮，她和几个同学都偷偷照着练。我说，不会吧？黑板字大多写正楷，只有某些欣赏性的句子，或者图快的时候才写行书的，歪打正着？家长有些着急，女儿马上上初中，以后课程多了，更甭想练好字了。她说，可有什么办法？我说，慢慢来。我含糊其辞的回答有些心虚，写字是我的弱项，说不出道道，但假以时日没错。

　　老教师一直告诫，字是老师的第二张脸。几十年前，没有电脑，没有电教，甚至试卷都是老师自刻的钢板字。那时候开课，字不好的老师，最惧现场板书。他们课前请人代写好卡片，尽量减少课堂板书，一张张粘贴到黑板，像给黑板打了一片片补丁，一不留神歪歪斜斜脱脱落落，老师极其狼狈。如今，电教的眼花缭乱使得教师某些不足得以掩藏，板书的重要性、实用性、观赏性大打折扣。学生时代忽略了写字，师范里不怎么重视写字，一代代凭着考试成绩竞争上岗的师范生，先天不足。那天赛后，几个评委深有感触地说道，老教师的字都很好，越往下如九斤老太的感慨：一代不如一代。这话，让我想得很多。

延伸的刻度线

　　一行歪歪扭扭的列队，十二三个孩子，打头几个站队还算像模像样，后边弯腰系鞋带的，交头接耳说话的，摆手踢腿的，漠然出神的，他们叽叽喳喳，被更大范围的叽叽喳喳声淹没。这是校运会赛场，我负责的项目运动员都是七八岁的娃娃，人数少，赛时短，缺乏应有的激烈角逐，立定跳远是偌大赛事中的一个小项。整个赛场，就像逻辑演示一个大圆圈围着若干大小不等的小圆，有相离，有相交，有内含。大圆圈是 200 米环形道，小圆是被秩序册分解的各小项，每个运动员限报两项，彼此都有一次相同或不相同的交集。

　　赛场设在铅球区，一条宽约 1.5 米、长不足 15 米的过道。过道铺着红色的塑胶，大概是跑道铺设时施工方给的优惠。曾经高年级男生鼓动臂上不太成型的肌肉，在这个展现豪气、力量和技术的场地，引得同学列队欢呼。而今铅球从小学生训练、比赛项目中删除，高危区域差不多沦为休闲地。过道上早用白粉笔画出整齐的刻度，红底白线异常醒目，以 5 厘米为间隔。谁的杰作？以往拉一根皮尺，两头用砖块压住，防止因皮尺松弛而影响准度。以一条长线为起跳线，退后 1.5 米为排队线，边上注明功能。主裁判安老师郑重叮咛，宣布比赛规则。几个班主任在边上凭自己的理解不厌其烦地转述，更细致、通俗，便于孩子理解。这一天，每班按三男三女遴选出来的孩子，以运动员身份，胸腹别着号码布，承担为班级争光的重任。班主任或多或少做过赛前动员，孩子大概过耳即忘，他们稚气的无所谓的表情，说明争光之类的虚荣并未带给他们压力，而更趋向玩游戏的痛快。野在外边，总比呆坐在教室里读书写字有趣。

开幕式结束时，小安笑吟吟地过来，递过一本秩序册。我见她手中拿着好几本，想必为我等所备。我说我有，便根据赛程与她约定集中时间。我翻看过秩序册，猜测被安排务虚还是务实，具体负责什么板块。我没教过体育，简化的专用词易于望文生义，立跳？是站着跳，立即跳，抑或是新项目？看到它排在田赛，在跳远项目后，隐隐觉得大概是不需要助跑的跳。百度一查，无相关注释，却有体育课"立跳"教案，未进入词条已被广泛使用、认可，语文老师也要不断补充储备。

体育项目多源于游戏，想必孩子都玩过立跳，没有清规戒律，没有功利性，没有斤斤计较。班主任都说没练过，开始担当临时教练，摆臂、下蹲、发力、腾空、落地，临阵磨刀为多数因课务所累不肯撤出时间的老师所采纳。我和老丁负责报成绩。成绩以厘米计，5 厘米刻度间隔，难得鞋跟正好落在线上，线间的距离全凭目测，我自觉误差绝不大于 1 厘米。孩子跳歪了，落点偏离刻度区，我目测稍显恍惚。小安以记录成绩的圆珠笔架在落点与刻度线间，恍惚的判断一下明晰起来，时有 1 厘米的误差，她很较真儿，纠正我的评判。小运动员比赛经验一片空白，踩线，落地移步，回走，跌坐地上……小安绝不含糊。有几次她低头写着，孩子跳完了，她问我，有没有踩线？我说有。她以余光履行着职责。那犯规了！她说着随即一个叉。移步、跌坐、撑地的跳得再远，成绩也大打折扣。班主任看得扼腕暗叹，出于护犊之心或是集体荣誉感，内心希望裁判马虎些。一个孩子因踩线和跌倒，几次犯规无成绩。班主任说凭实力能获得第二，希望再给一次机会，遭到小安拒绝。班主任小声咕噜，铁面无私啊。几个班主任间以眉目传递一些只有她们领会的内容，似无奈，似不屑。

与同事聊起这事，同事的态度很明朗，说一个未遭受污染的教育工作者，该是这样子的。他们的情感趋向与我一致，我更多的是敬畏，也有些隐隐的不安。小安是暑假招聘来的体育老师，期初教师会上新老师亮相，知道她来自苏北。在来去教室的走廊与她照过面，有过一两次礼节性的攀谈。巧遇最多的地方是早晨楼底的开水炉边，她在渐变的灌水声里给一个个暖瓶灌水，或是提着两个暖瓶点头招呼。在一个新老员工梯度参差的群体，诸如搞卫生、打开水、领办公用品等惠及众人而自找麻烦的人选，往往在一个新群体诞生初始"脱颖而出"，一旦沾上，如新婚夫妻蜜月默契，直至终老。平日里顺理成章，只有在格局改变时才觉着别扭。一些人奉献的背后另外一些人享用，有趣的是，心安理得的享受者，借此为资格和资本，掩饰某种心底的窘态。

有人把中国特色的为人之道囊括于"方圆"两字，酷似外圆内方的铜钱，外部圆滑不露轮廓，内心方正讲求原则。长辈对后代的叮嘱少不了"先做人后做事"，言固不谬。究竟是做"人"还是"做"人呢？前者倚重内在，修身，后者更偏重别人的评价。小安是北方人，比南方人耿直，长期以冷冰冰数字说话的竞技体育对她的情操有潜移默化的影响。铁面无私这个词语的逻辑关系应该倒过来的，铁面前提是无私，无私才能无畏，讲求原则的人，心里都有一根延伸的刻度线。

老师的气恼

趴在桌子上埋头批期中试卷，批着批着，气就不打一处来。华佗的"华"该读四声，前两天说李时珍时刚好介绍过华佗，并强调华字作姓氏的读音，而且班里恰好有位姓华的。你说学生还会错吗？很不幸，不是一个人错，而是三个人。"杏花开了"这句改拟人，还有五六个人使用明显的比喻词……正好下课，便冲到教室将这些孩子一个个拎到讲台前。"说，拟人和比喻最关键的区别是什么？""不能使用表示比喻的词语。""那你看看自己句子里有没有这些字？""有。""你明知不对，干吗还那样做？""……"我越问越来气。

这样的场面，你，我，他，凡是老师，都经历过。

同事对我说，他们是小孩子，你跟他们撒气，你的水平也不过如此，说白了也就跟孩子一样无知。

但我就是不长进。

选择这个职业，那就选择了无尽的气恼。曾经看过一篇文字，说咽喉炎乃老师的职业病。年轻时嗓音再好，几十年下来都被这个职业硬生生地糟蹋坏，想想也是，世界上靠嘴巴吃饭的人多了去了，别说古稀就是耄耋仍声如洪钟，银铃叮当，老教师中间能有几人？还有人说过，年轻女教师中不乏美貌，但过四十五十，其衰老的速度明显快于其他职业，可见气恼不是什么好事。

气恼来自哪里？老师说根本无需回答，还不是那帮孩子？至今我大概已经教过两代人，一茬茬的学生在我迎来送往的教师生涯里变换着面孔，也变换着让我气恼的理由。先前的学生，头痛的是不开窍，后来是顽劣，如今是懒。无论教育专家怎么玄乎，学生先天的智力高下是个不争的事实。但几十年前的孩子，生性勤奋，很少懒惰的。而且胆小，老师的话是圣旨，偶尔有哪次作业没完成，吓得不敢上学，害得家长将孩子送到学校，还一个劲儿向老师赔不是，似乎他自己做了什么坏事。那时我在传花小学，一次让村上其他孩子传信家长，次日家长到学校后，不分青红皂白当着老师的面狠揍孩子，看得我都不好意思。

如今的孩子不大怕老师。怕和不怕不是问题的根本，专家又要说良好的师生关系应该是平等民主和谐，师道尊严那一套是封建的残余。我们有没深究过，不怕的原因是什么，是因为学生懂得那番道理而无所顾忌吗？说他们不懂事吗？不是。孩子懂事的一般理解，就是知道学习的重要性，并且化为自觉的行为。你说那些好好学习的孩子真就是冲着明确的学习目的？也未必。他们的自觉，大抵来自对师长的盲从。那些不怕老师，不爱学习的孩子，未必不懂道理，你问他，他也讲得头头是道。关键在于怕刻苦，而且刻苦的回报遥远而迷茫。从这个意义上说，我们的学习目的性教育显得苍白而无助。

曾经有一位老师，他教育孩子的方式非常特别。就说，如果你将来要挣大钱，那么就好好读书，如果你将来要娶漂亮老婆，就好好读书，如果你想当大官，那你好好读书。课堂上他经常问孩子，为什么要用功念书？孩子齐声答道："讨漂亮老婆！"校长，家长，学校，社会怎么容忍这个老师乱七八糟的教唆呢？老师振振有词，说古人就是这么教育的，书中自有黄金屋，书中自有颜如玉，书中车马……的确，那么多的理想教育，远远没有这位老师来得实在，连教育专家也认为这样只是过分了些，谈不上错误，结果这位老师也没挨什么处分。

气恼来自家长和社会。家长对学校和老师都有着非常高的期望值，许多人把本该社会与家庭承担的职责一股脑儿地推给了学校。请看我在村小当校长时一位家长与我的对话：

"你们老师怎么那么不负责，一有事情总是找家长告状？"

"你是孩子家长，当然有责任配合老师共同教育。"

"那我还把孩子送你学校干吗？我自己去教好了。"

还有一位就是成心找碴儿的。他孩子经常惹事，同学不堪欺负，经常向老师反映。老师打电话叫孩子家长过来，他基本没好话。不是说忙，就是说小孩子嘛，谁家的不干点坏事？一次好容易把他请来，他历数老师的不是，把老师以前谩骂孩子的话都一句句地甩出来。他还说，你老师说错话就不该，因为你是老师。相反，家长乱说一气，最多就是道个歉。他每次到学校，横鼻子竖眼，呜里哇啦乱喷，一旦老师言辞过激，便抓住不放。我告诫老师，对这种家长防着点，尽量冷处理。还有一位更神，一点点小事动辄找上级领导，找教育局，然后返回到我那里坐等结果。看你挨剋后灰溜溜的样子，然后不忘一本正经地威胁我，这还不算，我要上电视台，上某某报纸……老师怎么啦？在各行各业的行风测评中，据说口碑也不咋的。

有更无端的，明明孩子因为家庭教育失当而自杀，第一怪罪的就是学校，据说孩子作文中曾经流露出厌世情绪，你老师为啥没发现？发现了为何没引起重视，采取措施？有人说，家长在悲痛的时候，乱怪一气情有可原。领导和老师如履薄冰。

"春风"老师曾转给我一篇文章，题目是《千万不要跟孩子做朋友》，说如今的家长，由于片面理解所谓教育的精髓，注重与孩子建立朋友式的关系，而忽视了家长权柄的运用，根本无法做到真正的管教。"作为父母，必须守住上帝赐给父母的权柄，好好行使对子女的权柄。"我估计绝大部分读过这篇文字的家长会陷入沉思、反思，很多家长不懂得使用权柄，却不会把它交给老师，或者说得漂亮，口是心非。国外有很多地方尚未废止适度的体罚，这是文明的退步，我不敢赞同，即使说说，也会招致口诛笔伐。

气恼来自自己。有孩子私下说我脾气不好，说白了就是自控能力差，修养差。以前同事一直劝我，火旺伤肝，不值得。据说同事中有些修炼到一定境界，发火时一脸怒容，其实心里一点儿都不火，这样一举两得。我羡慕他们，却修炼不到这样的火候，脸上的怒气概由心头升起，乃是真火。同事又说，那你火他干吗，不值得的。我觉得不发怒的老师未必负责任。以前听一位女特级教师谈发火，她说将火在心底压着，一脸严肃地对学生说，请你把这个词语抄写一遍。学生抄完交上来，她问，知道错在哪里吗？请你再抄写一遍。学生照办。她又问，知道该怎么写了吧？请再抄写一遍。学生共抄了三遍后，她又说，记住这个教训了吧，再写一遍。我是没那个耐心，一定会说，看清了，订正四遍！她说，本来也怒的，这番下来学生也长记性了，老师心也平了。说实话，我听不懂特级教师其中的道道，这也算教育艺术？当时我满怀敬意来着，回忆高中时的语文老师分析鲁迅的《秋夜》，"在我的后园，可以看见墙外有两株树，一株是枣树，还有一株也是枣树。"我曾想还不如直接说"可以看见墙外有两棵枣树"爽快呢，老师说这个看似累赘的叙述，蕴含了多种机巧，是说作者视野的指向，是言作者内心的愁闷，是一种无可名状的多意语境呢！可惜了我的理解能力，也可惜了特级教师为订正一个词语而设计的重重机关。

话题回到期中考试吧。试卷让孩子带回家，同时发短信告知家长大致情形。今晚跑步时，一位家长来电话，问孩子为何没拿到卷子，考了多少。我说你该问孩子，应该考得不错吧，但孩子竟然会把卷子忘了带回家？她说老师你别火啊，说着她自己先乐了。

解释一下稻田

"解释一下稻田。"

QQ 对话框跳出个莫名其妙的问题。对方也是老师，城里学校的，也曾是乡下人，稻田还不好理解？再说，字典、百度都有滴水不漏的释条。我回："什么意思？"对方告诉我，他们有一个四年级备课室（QQ 群），正在研究《燕子》一文。我记得课文里的句子："阳春三月……滴的一声，已经由这边的稻田上飞到那边的高柳之下。"说"高柳"倒是个临时组合词，稻田就是稻田，不用解释了吧。

对方把备课室的聊天记录粘贴过来，老师质疑的是"阳春三月"是否有"稻田"。《燕子》是郑振铎的经典美文，教材屡次改编，人教版、苏教版都没把它刷下来，我至少教过七八次，却从没注意到这个问题。问题是他们学生课堂上提出来的，老师大概当场被问住了，不敢随便糊弄，拿到备课室请教。他们严谨的治学态度令我佩服，群友牵强的答复又令我哑然：

"种过稻子的田就算稻田。"

"稻田是田地的意思，不管种的小麦还是水稻。"

"留着稻茬子的荒地也算稻田。"

"作者笔误。"

教育无小事，老师绝不可凭主观臆断，幸好他们摆到桌面，而非不懂装懂地糊弄学生。对方要我给一个无可辩驳的理由，平息他们群里的争端。我说稍等。

阳春三月是农历，大致对应公历四月。四月，我们这里稻子还没影，金黄的油菜花，绿油油的麦苗，麦苗正赶上拔节。燕子还在返程途中，或许它们的先驱已经到达离江苏不远的南方，比如福建、江西、浙江。燕子体内奇妙的生物钟，能感知、预测气温趋势，指挥它们选择最佳的暂居处和下一程的时机，并调整行程。阳春三月，我们这里别说稻田，燕子一样没影，但苏南，并不代表其他地方，作者也没明确地点。略作思考，我回话：

"作者郑振铎是浙江人，而浙江种早稻，据考，早稻种植当在清明前。作者无误。"

"怎么你什么都知道？"对方说。

其实我也是才知道，只不过我拐了个弯，查阅作者原籍，查阅浙江早稻。一般人直接百度"阳春三月有稻田吗"，不是无解，就是想当然的猜测。

与同事闲扯间提到这件事，他们几个都教过这篇课文，也曾有学生提出质疑，老凌说这个乃不是问题的问题，他这样回答："我们国家地大物博，南北温差大，五月南方初夏，北方还在下雪，我们这里没水稻，不代表南方没有。"依稀记得以余华的长篇小说《活着》改编的电视连续剧《福贵》中有这样一个场景：一群农民在稻田插秧，挽着裤管，上身穿着厚厚的棉坎肩。乍暖还寒的装束，让我想起余华也是浙江人，这部电视剧拍摄地不是浙江，也该是临近浙江，与之地貌类似。一个人的作品无不带上他生活的痕迹，生活的真实反映在作品的每一处细节。

如今的语文老师，备课省事了。以往薄薄的一本教参，被厚厚的教师用书替代，不用钻研解读教材，教师用书都有现成的答案。网上随手查查，每课都有至少十个版本的现成的教案，抄抄即可。随之而来的，是教师惰性的养成，阅读解读能力的退化。离了教参离了网络，即无所适从。

过去的老师要命题的，每课都要设计作业，每个单元出测试卷，直到复习卷。如今有整套的试卷，平时又有配套的《补充练习》《同步练习》，一本课内用，一本课外用。《同步练习》作为回家作业，老师省事，学生无需抄写大段的作业题。乍一看，内容丰富，字词句篇的训练与课文有对应，有拓宽。细看，问题多多。大概两者不是一家的，机械训练内容重复，课文解读撞车，与课文内容无关的练习题偏多，每课短文阅读至少两个片段，片段二偏难，与教材阅读知识点不配套，总而言之鸡肋一般，舍不得不做，做浪费时间。教导处要求"有选择地做"，大段的空白，该不是浪费了纸张墨水人工？

常常见到老师在做《补充习题》，这也是备课的一部分，态度可嘉。但我总觉得，如果课堂上与学生同步解读，身为老师竟然没本事给出一个合适的答案，岂不令人啼笑？固然花一点儿时间，牺牲几个脑细胞，这也是自我检测，也是一种练兵。可能有的老师担心答案未必合理，尽善尽美，预先做些准备以免因纠正而浪费时间。问题是老师根本没动脑子，照抄网上答案。我的内心是极其藐视这种做法的，自己解读过程中蕴含切入点，思考途径，思维方式，而这些是转化为学习方法的重要构筑。对学习而言结果不重要，尽善尽美不重要，过程最重要。本末倒置的理解，使得老师走捷径，更有甚者，老师用投影打出标准答案，让学生照抄。教导处检查时，正确率高，作业页面整洁，漂亮，相比而言，我班上涂涂改改（因为用钢笔书写)，能力差的更是邋邋遢遢，看着不舒服，但这是真实的作业。难怪有的老师接到新班，待到做作业时，学生迟迟不动手，等老师喂答案呢。同事觉得我"吃力不讨好"，是的，我讨谁的好？同事又说我："这么卖力，考试也不见得考多好，不就两三分的差距！"现行的试卷，并不完全反映学生真实的学习情况。许多设计初衷为能力考核，不幸沦为死记硬背的替代品，老老实实以自己思考组织语句，不如闭着眼睛背标准答案安全实在。但我自信这样做，学生有后劲儿。每个老师都是学生学习链中的一节，你要往远处想。

　　无端地担心我过去的学生是否质疑过阳春三月的稻田，是不敢提出，还是灵光一闪迅即淡忘了？下一年退到四年级，再教《燕子》，在这里设置一个问题，不管学生有疑无疑。

一声"皇老师"

　　在民工学校吵闹的课间，我听到有孩子唤"huáng 老师"。第一声没在意，又一声更亮的招呼，我扫视对面及身边几个老师的反应，他们都若无其事，继续与我、与同伴攀谈着，而且这几个我都认识，没姓 huáng 的。是在招呼我吗？谁招呼我？我在这所学校不担课，应该没孩子认识我。哦，橱窗师资栏里贴着我的上墙照，十寸的标准像，当初说明用途后，摄影师执意稍作"处理"，愣把原生态的我美化成领袖式的标准像，每次走过橱窗，现实版的我与艺术版的我目光相遇，总有愧对"他"的感觉。相片底下有姓名及简介，即使孩子浏览橱窗见过"他"，也未必能从几十张排在一起的照片中记住"他"的模样，去伪存真与生活版的我相对应，一眼认出站在场角的我。

　　我循声把目光转向走廊里的一群孩子，个头、年龄明显参差，他们用陌生、怪异、好奇的目光看着我，其中一个冲我笑。雨婷？你怎么在这里？我问道。她随手一指说，我没回老家，就在这个教室上课。我愣了一下，没有以往条件反射式地纠正她不够严密的称呼，一个终身以滔滔不绝为职业的成年人，竟然想不出用什么词句接她的话茬，只得佯作顺她的指向看着门牌"五（2）班"，掩饰我的窘迫。无人能察觉到我表情的细微处，在场的都不知情，雨婷的单纯使她决然想不到我内心的复杂。她的眼神纯净快活，并非我熟悉的忧郁、焦虑，没有我想象中的怨怼、仇视，似乎之前一切都没发生过，她仅仅将我和她久违的师生关系告知同学，因此略带一丝自豪。

　　班上孩子一直唤我"皇老师"。我以老学究的口吻，把诸葛亮、司马光等人物请出来，试图强化复姓的不可割裂。大部分学生在很短时间内改口"皇甫老师"，偶有错叫，吐着舌头做鬼脸。雨婷接受得慢，就像她接受新知一样比别人慢几拍。她老是叫我"皇老师"，也罢，以她有限的知识储备，复姓的概念很陌生，或者很难理解。

　　在一个拥有一定人数的群体中，我们时常不由自主地被不明的暗流裹挟。在学校，大部分评判标准模糊、柔性、隐性，学生统考成绩是教师业绩最明晰、刚性、显性的指标。本部每个年级5个同轨班，加上分校2个班，一定程度上，主学科老师间的比较、竞争、甄别，可浓缩到1个与6个的相互对峙。尽管唯分数是从的观念屡受社会各界鞭挞，上边三令五申素质教育、人文关怀，实际上很难摆脱，只是变得遮遮掩掩。但说分数，按理该有纵向与横向比对，一般教师知情不多，往往忽略纵向比对，着意横向排名，均分精确到百分位。分班流程的隐秘一开始就置同轨老师不在同一起跑线上，底层意识惯有的奴性与怕事的心理使大多数人选择无奈，选择接受，选择善后，一边抱怨一边加倍勤勉，以图弥补既有的差异。

　　老师都知道，后几位学生对均分及其他指标的影响，有时一个学生使全班拉开差距一分之多。补差是最有效的挖潜，但见效慢，付出与收获不对等。每有差生转学离开，老师眉头舒展，喜形于色。开学不久，我让雨婷传讯给一个学生，她摇头说不认识，这才知道她是新插班生。学校每学期都接收些插班生，高年级较少，难度也更大。但凡能进来的，背后都有故事，或有过硬的后台，或认识某某，或七拐八弯通关系。雨婷父母不认识谁，以解决孩子读书作为租房的附带条件，本家东托西求，最后某行长出面才搞定。这信息属最高机密，仅少数管理层掌握，一般老师一无所知。许是对恩人的感激、保护，或是受过叮嘱隐隐间遵循着某种约定，家长对好奇者的询问一概缄口，而对老师并不设防。雨婷父亲却不知，一个在辗转江浙打工逐渐失去淳朴本性的山区农民，正是他的狡黠、试图拉大旗作虎皮唬倒我，反而引发我的反感，让我痛下决心。

雨婷比同班学生大两岁，她很小时，父母带着她在江浙沪一带漂泊，农忙时回老家收播，居无定所，上学时断时续，用过的教科书版本驳杂，她数学差，英语最糟，语文也不好，字词等基础与苏教版严重脱节。字词听写正确率一半左右，看拼音写不到两成，可见拼音基础很差。面对惨不忍睹的叉号，至少四遍的订正，她的眼中常常噙着泪。她写字笔顺、笔画都不规范，竖钩没有钩，口框封口不是从左到右画横，而是右边竖笔直接往左边一拐……严格地说，即使字形正确的字绝大多数还是错别字。她从不举手发言，不敢当众读书，偶尔叫她读，声音细小，读不了几句就在某个字上卡了壳。由于成绩差，女生不爱跟她玩。事实上也没时间玩，所有课间空隙被没完没了、轮番的订正、补习挤占。她以六年级的年龄，二年级的学业水平在四年级苟延残喘，糊弄、抄袭，老师喂饲成了她完成作业的主要途径。

中考后他父亲被我请来。他三十岁出头的样子，很年轻，想不到竟是三个孩子的父亲。他一脸歉意，目光游离作沉思状，对我严肃、隐含威胁的告诫，一个劲儿地重复那几句话——我知道，回去好好教育。似乎稍稍有些起色，孩子告诉我她被送到学校周边的辅导站补课，每天放学后、星期天、节假日都得去。

　　雨婷在磕磕绊绊中度过了两个学期。按内部规定，第一学期末就可以将她转走，面对孩子哭丧的表情，家长近乎绝望的哀求，我动了恻隐之心。她是试读生，这学期成绩不该计入班级总成绩。每学期开学前后，要求插班者甚众，管事的领导不得不关掉手机，搁空电话，躲起来"避难"。实在推脱不了的，采取折中手法，组织插班考试，像网筛一样筛去一部分。还是有不得已收下的，签订试读协议，给学生半年到一年的试读期。试读是缓冲办法，给接收的老师一个余地，给介绍者一个台阶。在协议上，介绍者的身份变成了担保人，他的义务是一旦孩子跟不上，得负责将孩子带走。其间校方领导、老师、担保人、家长几方在场，白纸黑字不论究竟有无法律效率，对于这几方这纸协议好比牌桌上的一张底牌，在底牌没公布前，有一段短暂的安宁。而牌底就是孩子未来约定期内的学业，老师是有朝一日牌底的揭示者。客观上，协议将所有的矛盾、压力巧妙地转移到了孩子身上。孩子压力山大，包括他的付出、真实的学习状态、老师的主观评介，都随时能扭转事态。

　　并非所有的家长都拿协议当回事，他们以为既然进了门，又使着后台，协议只是走走形式。也非所有孩子都能将压力化为动力，他们不可能拥有成人般成熟的思想、学习动机、自制力、毅力，当他们犹豫着抛下拖拉的作业，无忧无虑地融入新的群体，于老师的叮咛、警告如耳边风，老师将慎重考虑他的去留。老师职业的崇高并不意味着老师个体的神圣，我自认不够崇高，考虑的问题很现实。一年的签约期已到，教导处问我是否可以接受这个孩子"转正"？很多时候我一个心软应诺，或许由自身的悲悯与牺牲精神升腾起崇高感，或是在一个时段陶醉于自我构筑的精神蜂巢，搭班老师因我率先表态而妥协，我是否有愧于他们？班级成绩与老师绩效的挂钩微乎其微，及格率、优秀率造成的分配差异，不过几百或几十元，占总收入比例几乎可以忽略。成绩表要公示，绩效工资要上墙，钱不多，含金量很大，也就说不是钱的问题，而是脸面。谁都清楚留一个包袱意味着什么，吃力不讨好的事都不想干。最后见面，雨婷父亲一改延续一年的低姿态，以逼人的语气责问我，我是某某介绍来的，你让她去哪里读书？此时，我内心残存的一点柔软瞬间被硬化。我把有家长、担保人签名的协议甩给他，让他读我听。

没有纠缠，没有过多僵持，父女俩在教室外走廊僵持片刻，休业式没结束就离开了，连成绩报告单都懒得拿走。与雨婷同样原因来了又去的学生，每个班上时有。一些家长靠着软磨硬泡，靠着略施小恩小惠，或者再弄出点别的法子，让孩子有惊无险直至毕业。一个家长屡屡邀我喝酒，言辞恳切。他居然掌握了我晚炼的时间与固定线路，笑吟吟地候于半道。最后，还找到我亲戚说情。我身陷各种包围圈，几乎束手就擒时，把最后的选择推给班主任和其他任课老师。最终，那位学生也转走了。

有孩子靠着成绩成功留下了，结果皆大欢喜，他们是试读生中的凤毛麟角。走的，是学生的遗憾，也是老师的遗憾，规则与底线的撕扯，往往使我在某一阶段不安。当然我不是以于事无补的反省，获得灵魂的救赎，那太矫情，太虚伪。对于雨婷，或许过于紧张，对学习基础要求很高的公办学校真的不适合她继续留着，而相对宽松的学习环境更适合她。这不是她的过错，也不是她家长的过错。

清理办公桌时，我翻出这几年的备课本。备课第一页都是学生成绩的记载，很多学生的名字已然陌生，有的名字与长相对不上号，有的模糊，有的则根本想不起来了。

我的感恩教育

不知从什么地方看到这样一则案例：说某校组织学生看介绍袁隆平的短片，画面中的老人因在水稻田里行走，几个趔趄几乎摔倒，学生们哄堂大笑。老师非常恼怒，由是引发了一场全校性的、拓展到社会性的讨论。有人以为没什么可大惊小怪的，你又不知道学生是否出于恶意，有人以为学生因空虚或压抑所致，有人以为这是道德的缺失，说到最后就将其归之于教育的失败。无论在学校、在社会上，取笑弱者，甚至戏弄弱者的事司空见惯，但很少有人将之摆上道德教育的层面来探讨。袁隆平这样值得敬仰的科学家得不到学生应有的尊重，说轻点，是不够厚道，说重些，是缺乏感恩之心，也就是我们平日说的没良心。作为老师，先是训斥，后是叹息。叹息什么？仅仅简单地归咎于教育工作者的失败吗？

我想起了一件往事。夏日的一天下着中雨，我去无锡雪浪镇乡下买药，女儿也随车同行。由于路不熟，问了好几个讯，最后打听到一对老夫妻，在一小车站，他们还带着孙女，大概是赶亲戚。他们热心地给我们指路，等发现公交车驶离时，已经来不及了，他们不但没有责备我们，反而更细致地指引我们。从诊所出来的时候，我在车里远远望见他们三个的身影，其中一个很矮小，打着雨伞。我问女儿，好像他们还没乘上车？农村的班车很少，他们在只有一块站牌的马路边已经等了好久，而且在雨中。我问女儿怎么办，她说过去看看，顺路的话带他们一段。掉头，停下，询问。他们要去市里的"红星商场"，然后再转乘"77路"去石坊，我觉得不太顺，但还是叫他们上车。市里的路不熟，再加雨更大了，绕了十几公里，才到目的地，也许是一面之缘不太好意思，那老头一个劲地说我回常熟应该是顺路，老太倒是说不完的感激，我笑笑，女儿也笑笑。他们下车后，女儿跟我说，什么叫"滴水之恩涌泉相报"。我说，他们还是很厚道的。

六年级的学生马上要毕业了，我的语文课上便多了一项内容——感恩教育。我不想把它上成思想品德课，因为当学生发现你是在教育他们的时候，你的教育就失败了。因此，我从语文课中挤出一点时间，进行散文赏读，文章取材于《读者》，比如《我的哑巴母亲》《三个母亲的故事》，其情景我在其他文章中已有描述。还有就是教他们唱歌，我不是音乐老师，学生们看我提着电子琴很怪异，我说今天用半节课教你们一首歌，歌名叫《母亲》。"你入学的新书包有人为你拿，你雨中的花折伞有人为你打，你爱吃的那三鲜饺有人为你包，你委屈的泪花有人为你擦……"我教得认真，学生学得卖力，虽然没有阎维文的深情，但还是比较投入。我从来没有去解释歌词，只是跟同学说，你们看，多好的排比啊！几天后，我又教唱刘和刚的《父亲》，"想想你的背影我看到了坚韧；抚摸你的双手我摸到了艰辛……"等学完后，我问学生有什么感觉，一个说也是排比，一个说"生活的苦涩有三分你却尝了十分"与"人间的甘甜有十分你只尝了三分"是对比。大概受习惯思维的影响，他们都把歌曲当成课文了。不管怎样忙，课前两分钟来一段，学生唱得比较熟练了。几天后的一个中午，有位家长打我电话，说对我的做法很赞成,他孩子在家里唱着这两首歌呢,而且偏要看看爸爸的双手和鬓发,好像也懂事了好多。

我教歌曲也有缺陷,小朋友说,怎么都是男声的?我说女声的我不会,有首毛阿敏的《烛光里的妈妈》,也很合适,但我实在唱不好,于是我把歌词抄给他们……毕业考试的前一天,我终于又把《我爱米兰》教给他们,这是一首老师的歌颂,20世纪80年代很流行。起初犹豫,一个老师教学生歌唱老师,是不是王婆卖瓜?后来我说,歌曲里的老师不是个体而是群体,即便单纯从艺术角度衡量,歌词、曲调也很美。教会他们这几首歌曲,我似乎很欣慰地把学生们送进了中学。半年后,一位女生来看我,说我留给他们印象最深的不是我的语文课,而是最后几节音乐课。种瓜得豆,这是我想不到的。我想,当初我既想种瓜,又想种豆,不知如今长势如何?

再说现在,我教四年级。在家长送饭到学校的孩子中,后进生居多。后进的原因很多,但不少是懒惰,家长那么宠,怕他们吃不惯食堂而不辞辛劳。于是,在与送饭家长的交流中,我又多了一分凝重,在与那些孩子的接触中多了一个话题。我与家长们(不少是爷爷奶奶)看似闲聊,实则有意。当我发现许多孩子主动提出不要家长送饭的时候,他们的学习态度也有了明显的好转。

《三字经》说:"人之初,性本善。"学生的道德观念与行为大部分是后天养成的,家长有着不可推卸的责任。没有原则的宠爱,孩子什么时候都心安理得。再加身教不力,我周围就有太多的例子,几十岁的人了,"啃老"成性,不时计算着向父母索取,在子女的心中植下了"贪欲";还要为自己找好多理由,不知不觉中教给了"狡诈";为了达到目的软硬兼施,又为孩子树立了"不择手段"。但我们老师道德教育的触角不可能伸到社会的每个角落,唯有寄托于孩子。我真的希望我们的孩子,我们的下一代心灵如一块净土,纯洁而又阳光。光靠道德义愤、道德谴责、道德说教远远不够。

恩　师

　　同学通知我，说吴老师已仙逝，两天后在殡仪馆举行追悼仪式。那天9点30分，我们同学相约在"归一苑"门口集中，粗粗一扫，半数以上大多是我认识的同学。走进大厅，追悼会已经开始，大厅里回响着低沉的哀乐，哀乐毕，由母校的现任领导致悼词，不知是离得太远，还是致辞人声音太轻，我始终听不清悼词的内容，只记得说吴老师在他们单位的技术革新方面很有成就。而后是亲属代表致辞，吴老师的儿子追忆父亲不平凡的一生，说他父亲生前大部分时间在教育单位工作，桃李满天下。最后是遗体告别，此时才看清吴老师的遗像，估计那是在他五十左右时候照的，他穿着浅蓝西服，宽宽的额头，微秃的前额，稀疏的头发一丝不乱，似微笑地注视着我们，使我因时间久远而对他逐步模糊的形象渐渐明晰。他安卧在玻璃罩中的灵柩内，脸部很安详，我注视着他，觉得他很陌生，瘪嘴瘪脸，化妆后还掩不住的老人斑，假想我在路上遇见他，肯定不认识了。

　　认识吴老师应该是1977年，起初他在管理校办化工厂，听人叫他吴老师，就知道他是老师——那时的老师不能随便叫，不比现在动辄以老师称呼。1978年初，一直教我们化学的老师不知是不是调走了，就由吴老师继任，我估计当年他还不到五十岁，高高的个子，很精神。他态度和善，脸上总带着笑意，上课时习惯用左手捋着开始前秃的额头上不时耷拉下来的一缕头发，说话轻声细语，他有一句口头禅"这个问题很重要，这个问题年年要考（指高考）"，如果按照评价老师的一般标准，他也许算不得一位好老师，一是上课不正常，估计很多精力用在校办厂；二是对学生过于放松，任由学生吵闹、抄作业；三是他说重要的内容太多了，我们觉得没有重点。尽管如此，我们还是很喜欢他，甚至最喜欢他。喜欢他的什么？他与其他教师的不同。别人的严肃，他没有；别人的架子，他也没有。很多时候，他像个天真的孩童。比如，我们学校门口是船闸，两个闸门之间是我们游泳的好地方，学校为了安全，严禁学生游泳，我们只得在午后和放学时偷偷下去，遇有老师，就紧张躲避，碰上他就不需要，他不告我们的黑状。放学时，他在食堂门口的水栈钓鱼，我们坐在水栈边的水泥台上晒裤衩。有一次，他还问我，到什么地方钓鱼好，我向他介绍望虞河，窑厂食堂的水栈，因为那里食物多，鱼也多，不过大多是昂刺鱼和鳗鱼（那时这些鱼不值钱），一个星期天，我果真发现他在那儿钓鱼，他戴着白色的"铜盆帽"，神情专注，岸边一个装着半桶水的木桶里已有十来条鱼。

我们很喜欢吴老师，也就喜欢了他的课，我的化学成绩一直可以，不过他教了我们才半年，高二时，他又去校办厂了。高中毕业后，我偶尔回校，也没见到他。后来工作了，我去局里办事，有了一次邂逅，记得他跟我说，调到"科协"了，办公地点正好与教育局在一起，再之后就没再见到他，只知道，他在我的同学中找了个得意门生做女婿。我并非他的得意门生，但凡他赏识的学生，总会在课堂上浓墨重彩地褒扬，他日后的女婿就是一个，只是在为他送行时，那些昔日的得意门生大多不在。"归一苑"空落落的，偌大的一个地方，在夏日的树荫中，更显它的神秘与肃杀之气。

高中毕业至今已经三十年了，毕业后，各奔东西，绝大多数同学失去了联系。等开始有往来，已经是五年前的2004年，很多地方兴起了同学会，于是也有了我们二十五周年的聚会。邀请的老师不多，老校长介绍，我们的三位老师已经不在，而且都是英年早逝。同学们也相互谈论，一届中至少已有三位同学走了，我们自是唏嘘，慨叹，人生无常，今天的眼前人不知此生能否相见。不过，这种感觉很快被久别重逢的欣喜，组织者洋溢的激情所替代。时隔二十五年，同学中那种崇拜，那种纯真，那种友情还存在吗？发起者是很有实力的老板，在聚会有限的时间中，他始终是这个场合的主角，他的发言，很多笔墨在描述他的发迹史，其中自然是对老师感恩戴德，说某老师怎样宠他，某老师怎么谆谆教诲。其实在我印象中，他的成绩不怎么样，老师对他也不怎么样，因为老师总喜欢学业成绩好的学生。那时候的他不显山不露水，也无日后发迹的预兆。我跟边上的同学说，何必那样违心呢，事实证明我们这一届同学，还不是他最有出息？可笑的是那位已经退休的老师，一个劲儿地为他鼓吹，说什么他是当今的儒商，早在高中读书时，他就知道这位同学不是泛泛之辈，日后必成大业。当然，很多老师热情，谦恭，要发言也没有套话，说的是真话，只是比较委婉。我一直以为同学之情是天底下最纯洁的感情，殊不知，这种想法实在天真得可笑，昔日对优秀学生的崇拜，早已为如今更现实的标准所取代，风韵犹存的美女同学有选择地转辗于一个小圈子里，媚笑着，而几十年前她们对那几位是嗤之以鼻的，即使得不到什么，也觉得很荣幸，在彼此肉麻的恭维声中，恨不得让时光倒转。好端端的同学聚会，不到一天就被铜臭、世俗味串了味。结束时，很多人表示了反感，说以后再也不参加了。我说，同学会本是好事，办同学会的出发点也是健康的，有些走味的东西，权当它是副产品吧。

聚会结束后，不少人跟我有了推心置腹的交流。在很长一段时间内，我一直在思考这个问题。以后又有多次的小聚、中聚，去年春节时，又有了更大的聚会。为什么要聚会？邀请函将宗旨说得比共产主义还美好——便于更好地交流，建立更深的友谊，谋求更好的发展。但为什么将其定在二三十年后呢？也许是受别人启发，也许出于怀旧，也许是出于衣锦还乡的心理，尽管平庸的是大多数，但这大多数如我一样只是一个观众，只是一个局外人，如果没有了这大多数，少数人就失去了他们展示的舞台，知道了这些，我们就甘当观众，心平气和。我与同学交流的时候，他们嘿嘿地笑，算是认同。不过，一位同学跟我说，老兄，你只知其一，不知其二，有位老师在操控着我们的同学会。是的，我记得他做过我们班级几个月的班主任，但那是"快班"，那些后来发迹的同学大多在"慢班"，班主任压根儿就不是他，那些同学在尊称他班主任的时候，他也没纠正，难道是因为时间的久远已然淡忘？还是因为别的什么？我不想去弄明白了。如果说我们开始邀请老师的时候的确是出于感恩之心，那么以后，是否就有了做秀的成分？那老师逢聚必到，吃的穿的喝的抽的无所不取，一脸的功臣自居。有一回大概是哪位学生套近乎，问他退休几年了，竟招来了他无情的责骂，说连我的年龄你都不知道，可见你心里没我这个老师，弄得同学很尴尬。说实话，我连国家元首的贵庚也尚不清楚，父母的年岁也要屈指算一下，有时糊涂到自己也突然忘记自己的年岁。第二次聚会，在拟定邀请名单时，我发现老师的确很有主张，谁谁一定要请的，谁谁划去。我们觉得惊奇，我们同学中怎么一下冒出那么多的政府官员，后来才知道，上届的，下届的，还有与我们相差不知几届的，更荒唐的是兄弟学校的，也统统变成了同学。那一长串如雷贯耳的名字下，除了享受我们同学的纪念品，还另有同学凑份子钱变身的红包，甚至那位老师还在发打的费。可怜了同学中那几个老实巴交的小老板，他们五千一万地慷慨解囊，同学来不及名正言顺地享受，却被一部分精英挪作公关费了。

　　几次聚会，我的语数外老师都没见到，吴老师也没见到，我很想念他们，曾几次三番地打听，没有确切的答案。参加完吴老师的追悼会，也算了却了我的一桩心愿，我终于把他退休前支离破碎的记忆变得比较完整。翻开同学会的通信录，恩师部分，竟然没有他的名字。

第四辑

简化的春游

春和，景明，游客如云。

进入大门，学生在景区一路迤逦，直奔国防园。但等带班老师一声令下，便轰然散开。转眼间，地面上不剩一个孩子。

这时节，芦苇刚刚从衰败的废墟里冒出嫩尖，沙家浜标志性的芦苇荡还未形成气候。林木的新绿，错落的花丛，漫天飞舞的柳絮，足以让人领受春的气象。游春，赏春，踏春，究竟游什么，赏什么，孩子未必说得来，成人也未必呢。

十一二岁的孩子，去沙家浜都不是第一次。适合组织大部队春游、秋游的景点，市里就那么几处，每地轮着去。问学生：去横泾老街影视基地，去民俗馆，去纪念馆？回答不去。民俗馆的农具，学生家里有的不稀罕，没有的不熟悉。影视基地就那么些老房子，沿街统统改作门面房了。至于纪念馆，都是照片和文字材料，学生在展板分隔出的迷宫里疾走，这边队伍还没进门，打头的已经在那边门外玩闹了。最简化的行程，不多走一步路，不涉足一个冗余的景点，孩子快活，老师乐得省心。

　　孩子占据了一个个"山头"，如自然山野的野猴各据一方。魄力大的，首先瞄准"勇攀珠峰"的网山，几十米高，层层叠叠的绳网，兼有技巧与耐力的考量。拙或敏，懦或悍，看孩子攀爬的高度，不消几分钟就能划分出来。谁也没料到，首先登顶的是一位女生。凭着她娇小的个子却敢同高出她一头的男生决斗的泼辣劲，二三年级时骗过门卫逃学，独自乘公交去市里逛街的胆气，不出名也难。文气一些的，选择的器材也温柔，钻绳网，走轮胎桥，溜滑梯。秋千桥、吊环桥之类的趣味桥，有些惊险，考验孩子的平衡能力。孩子们大呼小叫，整个场地叽叽喳喳，本校的，外校的，上千个孩子集结在这里，我的耳膜没有片刻清净。

　　老师在河边石凳上歇息，抽烟、喝水、嗑瓜子。孩子的书包堆在脚边，一个班一堆。书包临时承担了旅行包的功能，鼓鼓囊囊的，里边都是吃的，干粮、水果、饮料，这么多，谁都吃不完。不一会儿，孩子过来翻书包，补充能源。孩子的脸上淌着汗，头发湿漉漉的，气喘吁吁。两位啖着冰棍的女孩过来，眼馋的孩子问：哪买的？女孩用冰棍一指。孩子们噌噌地往那个方向跑去，回来时都剩半截冰棍了。问孩子：多少钱？三元，孩子说。能让我来一口吗？几个孩子把冰棍递过来。这一刻，师生关系融洽得无与伦比，宛如父子父女。孩子似乎忘记了昨日因某件事遭受老师的训斥，老师的眼里，他们只是儿孙辈的孩子，远离了课堂，远离了学习，孩子都很可爱。

　　三元钱一支的雪糕，当令时不过一元。因反季，且在二十公里外的旅游区，性价比自有另一种算式。问孩子：值吗？孩子都笑，一脸阳光。孩子掏书包时，顺手拿出一个苹果递给我，说老师你吃吧。昨晚这孩子央求母亲带她去超市，给今天的春游做物资储备。进超市后却又拉着母亲离开，原来她看见老师也在超市。孩子怕老师，怕绝非坏事。一味地怕，孩子就走向对立面了。慈与严的尺度，不只老师，家长也难于拿捏。

国防园有儿童活动区域，大孩子对于儿童两字有些反感，有些不屑，尤其男孩，以开始放粗的嗓音，互相鼓动着对成人器材的挑战。女孩观望的时间，比她们活动的时间还长，接近青春期的女孩更显文静。或是性别染色体逐渐强化了男孩女孩的差异。我注意到一座非常难走的秋千桥，它由若干个独立的设置间距的秋千组成，秋千板不长，仅容一个成人的身子，也很窄，不过半脚。以前桥下张着绳网，栽不到河里。现在网撤了，河不深，水也不多。危险系数不高，但安全感大不如前。几个体育成绩好的孩子，在一个个秋千间轻易地转挪，手、脚与身子重心过渡配合默契。一次不过瘾，再走一次，愈发熟练，花时愈短。几个胖乎乎的男孩，都没勇气踏上秋千桥。另外一些不甘服输的男孩，跃跃欲试。刚刚起步，身体的晃荡使得他们难于自控，进退两难，一脸紧张。那几个好手在两边喝倒彩，甚至从反方向走过来，在侧身交会时吓唬他们。孩子们望着不远处抽烟的我，他们是否希望我制止，像在课堂里一样怒喝一声？我侧过脸，故作不见，不想干预他们。

孩子进入这块上百亩的场地后，就完全进入了无政府状态。一个班配三个老师，平均一个老师分管十五个孩子，爬高摸低，分散在各个角落，一色的校服，哪里分得清是谁班上的孩子。只能大锅饭式地巡视，及时告诫玩过头的孩子。所幸连擦破点皮的小事都没发生。

既然孩子觉得，所谓春游就是玩，那就让他们尽情玩一天。出发前和回校后有大段的罅隙，前天放学时，孩子问我：明天还带书？我摇摇头。问要写作文吗？我说"再说"。以前每到一处，孩子掏出本子，歪歪扭扭地写着，有的纯粹从众，不知道记些什么，捏了半日，本子上没一百个字。这单元作文正好是游记，我不说写也不能说不写，所以谨慎地选择了模棱两可的语言。老师模糊的话语，孩子不会太上心。就让他们彻彻底底地放松一回吧。后来写作文时，我只提了一点要求，拐弯抹角的开头，拖泥带水的结尾都不可出现，掐头斩尾，陈言务去。作文普遍短了些，细节和个人感受不乏精彩。

一个孩子跑过来，说捡到一元硬币。钱上没写名字，丢了钱的孩子毫无知觉，也不在乎。班主任说，又增加一元班费，孩子已经交来好几个硬币。又有一个孩子脸蛋红扑扑地举着五十元钱跑来，说是在某个器材边捡到的。老师说，可能是外校孩子丢的。老师规定带钱不超三十元，实际遵守的孩子有几多？家长未必配合，花自家的钱，老师管过界了。老师的规定只能算作倡导，无权翻孩子的口袋。每有好事的孩子举报某某超额，或购买力远胜出三十元。老师能奈其何？

孩子捡到钱夹，捡到衣服，捡到手机……一款仿苹果的白色手机，我的老诺基亚无法比。老师从通讯录里判定手机的主人，看孩子是否觉察，是否着急。小失主接过手机，淡定得令老师惊异，他早知道手机不见了，象征性地找过一回，丝毫没影响玩兴。

孩子玩累了，钱花完了，都乖乖地回到老师身边，蜷缩在书包边。景点的纪念品，这家那家差不多，这里和别处差不多。弹弓、手枪、刀剑之类，男孩有英雄情结，潜意识对侠客的膜拜多来自阅读和影视。不惜省吃俭用，偷偷买些"武器"，带到校内招摇，等老师发现端倪，一拎一大串。我一般不会收缴孩子的玩具，他们表面上痛哭流涕唯唯诺诺，真有心爱之物被你收走，将记恨半辈子。如果玩出了格，拿钢珠枪打伤打哭了同学，我的责罚很严厉。孩子举报，说这次某某、某某某都买了弩，我仅吓唬几句，谅他们不敢带到学校里。有时候，老师也需要睁只眼闭只眼。

一位小女生泣不成声地跑过来，同伴说她受了大孩子的欺负。看样子，大孩子是某个职校的学生。带队领导猛冲过去，截住大孩子的去路。大孩子有五六人，惹祸的是俩女生中的一个，她矮胖，男孩式的短发，眼神带邪气。领导在严厉地责问她的来历，他的身后还站着两三个脸色峻厉的男老师。大孩子们惊慌地试图溜走，无奈被逼在桥边，大女孩起初桀骜不驯，后来头渐渐埋到胸口，她理亏，却只是瞬间对力量权衡的屈从，并非知错，悔悟。他们中没有谁出面道歉，或斡旋，僵持了一会儿，由他们走去。

　　出门在外的孩子，你也别惹事。

散放还是圈养

新近一次带学生春游，与《简化的春游》时隔一年，还是这个班，已升到六年级，因此被允许出常熟市。

无锡"欢乐园"在三面环山的一处偏僻地，许多一时记不起大名的老师姑且以"动物园"来称呼它。是的，里边的游乐设施太少，无法满足蜂拥而至的春游学生。至于景色什么的，学生根本不在乎。

五辆大客同时发车，司机的个性与习惯线路，使车队在五十多公里的长途奔走中不断变换队形，最后都各显神通。学生一上车都表现得十分兴奋，毕竟是孩子，连平日文静的女生都掩藏不住。随车的三位，即语数外老师，两位坐前，我独坐后边。学生表达兴奋的方式很直接，叽叽喳喳地说话，旁若无人地吃喝，慷慨地与周边同学分享。孩子口中都在咀嚼，话音含糊。一包棉花糖传递一圈回到主人手中还剩大半，估计它不怎么受欢迎。很多零食我都叫不出名字，学生耐心告知，即招致善意的窃笑、嬉笑、哄笑。一位学生递给我两个小包装，不知是夹心饼干，还是山楂片之类的，我接过，放在旁边座位上。一时，学生纷纷递东西过来，边座竟有一大堆了。

我拍了张照片，连带车内情景、车外风景，临场编写了一则微信发在朋友圈，不出两分钟就有几条回复，仿佛这世界上好多人，单等在微信端口，似张网捕鱼。距我十米开外同车的"雨伞"回复"好福气"，不久加微友的"春风化雨"戏谑"好孩子"，几位懒得写字的则是清一色的心形符号，意为赞一个。下车后，"雨伞"仍故作耿耿于怀，说她俩没收到"上贡"，我说等回程让孩子把那一堆食品送过去。

进门后，班主任各显神通。有几个班立马散开，看来之前做足了功课。咱班没散，一群孩子两个纵队，班主任带路，副主任夹中间，我断后。尽责？不错，这个班整体顽皮，三两个桀骜不驯的，六七个容易受蛊惑的，真要放任自流，不知道第一分钟就会发生什么。三个老师，如押解一队犯人，学生受拘束，老师吃力。队伍沿着景区甬道行进，学生默默地走着，有的传踢地上的食品袋，有的蹿出队伍去路边摘朵小花，规规矩矩的学生则紧张地望着老师，呼喊出格者归队。在湖边停住时，稀稀拉拉不成队伍了。湖很精致，像是原有河塘人为拓展的。廊桥延伸到湖心，黑天鹅在水中游弋。我举起手机正待拍几个照，微信响了。"春风化雨"告诉我，她也带学生去过这里，接着问，是散放还是圈养？我迟疑片刻，一笑，回道，是圈养。她说，啊？都六年级了！她的两个标点符号，是否有多此一举的意思在呢？我提议，散了吧？两位班主任对视片刻，不置可否。班主任说，分散活动吧，说着给孩子分组。我提议自由组合。学生都如注入鸡血来了劲，不大一会儿，便隐没在游客中、山水间。

身边没了学生，顿觉耳根清净，浑身轻松。班主任念叨着，不知行不行啊，她脸上挂着疑虑。其他老师发来短信，说已在"欢乐茶室"等候，请我们前去歇息。路边竖着导游图，三人在图上搜寻，发现落脚点与目的地恰好在景区对角，如果不走回头路，得从另一边绕过去。一时失去方向感，走了一会儿，觉得景区所有设施都绕着中间这座小山包，能认路。一路上，能碰到玩玩闹闹的学生，稍微有些出格，也由着他们。有两个小组远远跟着我们，我说自便，玩得尽兴啊。

　　茶室前场地上有十几张桌子，十几位老师都在这里，一桌喝茶、吃水果、嗑瓜子，一桌掼蛋。这里地处制高点，不时有孩子发现我们，跑过来小坐几分钟，汇报收获，打点小报告。一个孩子举报，某某同学带了不止五十元。他是从那个学生实际消费计算出来的，言之凿凿。他的目的我清楚，我边上的班主任已经在细问，脸上不悦。我说眼开眼闭，花他自家的钱，不要太上纲上线。我的宽容心来自"春风化雨"闲聊时的启示。她觉得孩子一年中难得一天春游，尽可放纵一次，隔日不布置家庭作业，出门的钱原则上不超学校规定，如果家里确实有钱，多带些无妨。与绝大部分老师不同，她并不反对孩子带手机，带相机，只是再三提醒好生保管。不明令禁止孩子带玩具，但易造成伤害的珠枪、弓弩类慎带。尽量离河岸远些，倘一不小心落水，必须自救、呼救，同伴向游客求救。"春风化雨"的学生时代接受的也是正统教育，但她并没有将前辈的经验盲目继承，也没有把同事的做法照抄照搬，她首先叛逆了学校的规定。她这样做有些风险，而学生欢迎。当许多老师端着架子让一车的学生沉默时，她的车上如沐春风，学生剥了糖果塞到她嘴里，她甜甜的笑靥焕发童真。她不训斥，不体罚，平日里孩子服她，她与孩子间的融洽突破了师生关系的常态。"春风化雨"在阅读中接受了西方的教育理念，还是在自身的工作体验中形成了一套自己的逻辑？她逾越一般的禁锢，给学生适度自由，让孩子在实践中学会自我管理，或许学生会付出一些代价，老师会多些操心，这样的管理难道不是教育的理想境界吗？有一次带四年级学生去沙家浜，集合时有孩子"举报"，说某某的单反相机丢了。丢相机的孩子不敢说，怕招来老师的批评。她跟孩子说，比起一架高档相机，几句批评算得了什么，为何不在第一时间告知老师，孰轻孰重难道你没掂量？此时，春游队伍开始返校，她动员所有孩子帮助寻找，最后在春游的另一所学校的孩子间找到相机。此后，这个班春游秋游，再无丢失过贵重东西。她处理得当，学生从虚惊一场获得的启发，未必不如损失惨重换来的教训来得有效。

该看看孩子们究竟在干什么。我提议。一群人起身，走向上山路。旋转木马处排着长队，"激流勇进"很刺激，安全规矩太多，队伍移动缓慢，最恶心的是一件手指能戳破的雨衣，三五元成本竟卖十几元钱，不是变相收费嘛。动物表演馆不在表演时段，人很少。一行人从观光电梯边的步道下山，去动物园。在老虎馆外围墙边，又一次次巧遇班上学生。圈养的老虎早失去虎威，懒洋洋的，连虎啸都象征性地敷衍几声。转到鸵鸟馆，正等待鸵鸟走近拍摄它的头部特写，班主任的手机响了。一个组长汇报，说有两位走散了。班主任问明走散的对象，叹了口气。分组时，有一位高度近视的女生不受待见，班主任硬将她分到人数最少的一组，嘱咐其中一个女生全程照管。可她还是掉队了。过一会儿，那个与她一起的女生也打来电话，班主任安慰道别紧张，你俩千万不要再走散了，能碰上本校的学生，尽管跟着。好在最后集中时，那两个女生的身影出现了，这才心安。

如今全社会抱怨教育缺失，我觉得应该是教育中某些方式的缺失。教育的内涵甚为丰富，我们不缺少给学生画框框，不缺这也不行那也不是的校纪班规，唯独缺失的是有效的引导与培养。我在村小当校长时，几个男孩趁农忙假到望虞河边铁皮船上玩耍，其中一个失足落水，其他男孩慌乱中逃离，没有呼救求助，甚至回家后都不敢声张，离河边不足百米的农田里就有农民在收割，本来一场有惊无险的事故最终以悲剧收场。那些都是四年级的孩子，他们顾忌什么？怕遭致责备、责罚，四五个孩子，平时各有个性，而潜意识里对他人生命与一点点自我的权衡，竟然高度一致。他们如今都已结婚生子，可曾留下噩梦？若有，也远远不像那位学生的双亲的终身折磨。孩子长大后，都将踏上社会，一遇事就措手不及，"圈养"式的教育是否有责任？

　　绝大部分学生在最后五分钟内才到达集中点。导游、司机的神情都有些怪异，导游告诉我，最早的一个班一小时前就返回了，大概已经回到学校了。他们只念着自己的小九九。我说用足政策，学生交了八十五元钱，没有理由不让他们尽兴。导游无话，司机说，来的时候发现有两个孩子把头和手伸出窗，很危险。甫说，我知道是谁。我把那两个孩子叫过来，问他们玩得可开心？一位点头，一位回答的声音很轻。我问，知道老师还想告诉你什么？他们不敢正眼看我，说知道。我说那就不多此一举了，有个成语很合适，知道吗？他们说乐极生悲。果然，他们一路规矩。

试卷上的签名

由教室返回办公室时，六年级办公室很热闹。在窗口站定，与我合班的数学、英语老师都在，言辞激烈。还有两个学生，两个家长，家长激动而紧张，孩子哭丧着脸。踌躇间，觉得这事发生在我班上，折身进去，听听再说。

昨天是数学测验，批改评讲完后照例让孩子带回家给家长签名。此举由来已久，老师争相效仿，其必有其可取之处，让家长及时了解孩子的学习情况，不说有无实效，也算一次不对话的沟通吧？想象孩子回家给家长递卷子时的各有情状，孩子洋洋自得，家长眉开眼笑；孩子藏着掖着，家长满腹狐疑；孩子垂头丧气，家长严加苛责。这个夜晚，孩子的神色与分数挂钩，家长的态度因期望值与孩子成绩的正负呈落差。高同学才考了 77 分，羞于示人的成绩，使他犯了一个自作聪明却很幼稚的错误。

坐他前面的袁同学考了 91 分，高的更改了名字、学号，弄虚作假面呈家长的试卷潜藏了战战兢兢的胆气。高所以选择袁的试卷，一是位置近；二是分数适当；三是两个人关系很铁，袁向来处于从属地位，不会告密；四是两个人都是潦草的跷脚字，能轻易蒙骗没多少文化的母亲。数学试卷以铅笔答卷，很容易擦掉字迹，但很难彻底清除笔痕，老师将卷子翻来转去，冲亮透视，愣是看不出痕迹，可见高同学手艺不俗。次日，他又在自己的卷子上模仿母亲签字，在老师那里蒙混过关。连过两关，他还得为袁同学做好善后工作，否则，老师顺藤摸瓜，他还是藏不住。袁同学卷子签着高同学母亲的名，用的签字笔，他不敢拿出来。惊恐之间，他发现老师在回收学生试卷时，随手在作业记载本上打个钩。此时，老师盯着试卷查看订正，无暇顾及回收情况，上课铃响时老师匆忙离开，把记载本落在讲台。天时地利给了高善后的机会，午间他唆使另一个铁杆兄弟相助，该同学因胆怯未遂，他只能亲自出马。过后细看，老师打的是一顺溜的小钩，他的钩笔色深，钩尾拉得长，是刻意强调，也是在匆忙间笔力笔势拿捏不准所致。你不要小看一个钩，每个人的笔迹都不一样的。

高同学通过救人获得了自救，如果不是数学老师与他母亲通话，这次瞒天也就过海了。老师说你孩子表现不好，这次考得很差。他母亲说不是考了91分吗，我觉得还可以嘛。什么？老师停顿了几秒才反应过来。高同学、袁同学连同他们的家长被叫到办公室。表面看袁同学是受害者，如哑巴吃黄连。他遗失卷子却不敢声张，同学都往老师边排队等待验收，高同学若无其事，他却如坐针毡，生怕老师突然点名。事实上，他脱不了干系，他俩走得那么近，卷子丢了竟不急不躁，他有同谋的嫌疑，至少是知情的，出于哥们义气还是胁迫，只有他知道。

两个人接受单独询问。可别小觑高同学，较高的智商，与年龄极不相称的心理素质，老师都不敢小觑。沉默，抵赖，直到两张卷子铁证如山地送到他眼皮底下，才以蚊子样的声音陈述，语音细弱含混。他的脸上读不出一丝愧意、悔意，紧抿的嘴角和斜视的眼神透出倔强、愤恨，他母亲举巴掌作势扇他。不像一些愤怒的家长劈头盖脸暴揍，看得出她下手轻，做给老师看的。我真想别过脸去视而不见，甚至怂恿她，终因投鼠忌器而阻拦。袁同学没那么"坚强"，他声色俱厉的父亲怀有与老师同样的疑问，一连串地责问，很快让他涕泪涟涟。他承认与高同学形影不离的关系，愣是不承认这件事中的同谋。残酷的对质并不严丝合缝，高以抵赖和狡辩心存侥幸，袁平日的从属角色有所顾忌，口实与真相有所偏离。在我的授意下，两家长勒令孩子此后远离对方，孩子信誓旦旦。我知道，这种保证似城下之盟慑于逼迫，似空头支票很难兑现，不是家长监管的缺位，何止如此？

高同学有着修长的运动型身材，是天生的田径苗子，曾数次为学校争得荣誉。体能的优势，盲目而懵懂的少年崇拜，使他自然成为班里男生的核心人物。体育对人体潜能的开发，某种程度就是激发人体原始的动力，所以体育好的孩子都比较野，不服管束。他学业不佳或时常惹事，饱受老师责备，昔日崇拜他的同学开始疏远他，他觉得失落，总要弄出点事来引人注目，至少在那一刻他自觉还是角色。欺负女生，跟隔壁班男生打架，以教室门为活动器材……状子不断，屡有新版。前次去蒋巷村社会活动，他吵到半夜，凌晨三点假传集合令把同室唤醒，弄出很大的动静。他父亲在外地做生意，母亲是办公室的常客，每次来都哭丧着脸，着急而无奈。

老师说，他的品行太恶劣了！他母亲说孩子品德不好，就惧父亲，我也管不了他。

高同学身高175厘米，比女老师高出一大截。变粗的嗓音，上唇稀疏的绒毛，表明他体内荷尔蒙水平的涌动。我想，他提前进入叛逆期了。我们时常用品行、品德、品质等概念给孩子定性，把心理问题与道德问题混淆，过早为一个孩子武断定论，极易造成逆反，或类似的心理暗示。一位老教师谈论曾经的学生，说这孩子上学时劣迹斑斑，早断言他以后是个吃官司的货色，果不其然。他为自己预言的印证而自得。不错，俗话说三岁看老，并非毫无道理。看着一个孩子滑坡，为师者的种种禁忌又不能让我如自家的孩子一样严厉责罚，我有挫败感。

不出两天，高同学的自作聪明再次重演，情节有所不同。她母亲又来了，歉意地对我说，这崽，跪在地上跟我保证过的，唉！我说你别指望靠一次保证就能彻底改变。她说这次又得揍。我故意绕开这个话题。体罚不是办法，苦口婆心真的才是唯一的办法？孩子已过了教育的黄金时期，再怎么严厉都收效甚微，但管总比放任好。半年后，他将从这个校门走出去，一摇一晃的身影，将脱离我们监管的目光。数学老师、英语老师都是很负责的老师，我们把接力棒传给下一位，高同学会怎样，终究会怎样？

开小灶的孩子

　　大课间时，我总在教室批改作业。等满头大汗的孩子回教室，每每有五分钟的余地订正作业。几分钟前满教室孩子，此时只留着空位，桌子上乱七八糟的书簿文具，足见学生离开时的仓促。四十分钟一堂课太紧张，铃声响起时，往往我还在涨粗了脖子绘声绘色，铃声催得不是时候，顺手将教室里的音响关了。透过后窗，四班、五班都在走廊排队，出操的旋律还是隐约而来，于是不得不迅速把孩子赶出教室，不等弯弯扭扭的队伍整队完毕，不待闹腾的孩子平息，班长领着他们转向楼梯口，到达底下的甬道，已经看不见其他班级的队伍，大概他们觉着不妙，撒开步子一路狂奔操场。如果挨批评或被扣分，我难辞其咎，但孩子们一直并未怪罪我，而是以气喘和松散为代价，竭力弥补我的自私。

　　有时会把一两个孩子留在教室，训导一番，或是勒令补做前日没来得及完成的作业，尤其是回家作业。我在招呼他们的时候，他们也正手忙脚乱地放开钢笔，挪动着身子准备涌向走廊。他们眼神迷离地看着我，想知道让他们止步的缘由，我说你们不知道吗？他们转身，点头。如此几回，只待我叫出名字，孩子便如被我点了穴，突然呆立在一个特定的位置，然后随窗外队伍走向楼梯的同时走向讲台前的我。这本该放松的半小时，都被我以责任的名义狠心地截留了。

去隔壁开水房续水，推开虚掩着的门，竟有三个孩子在这里。我好奇地询问，他们低头不语。靠后窗有一张方形茶几，两个孩子就趴在那里写字，还有一个站着看。哦，是补作业，站着这位在辅导。没有凳子，茶几的高度也不合适，孩子只好以一种畸形的姿势写着，过了一会儿，一个孩子席地坐下，继续埋头写。站着的孩子一个劲儿催促着，快写啊！他的威喝和对方的缄默，一下让我辨出地位的差异。是什么赋予本当平等的同学间这种特权呢？学业，老师的授权。我转身出来时，站着的男孩还在斥责，再不认真，告诉某某老师。

大课间因政令而设置。教育行政部门三令五申，每天要确保在校学生一小时活动时间。于是将第一节下课时间延长到半小时，并创造"大课间"一词。尚不足一小时，拼拼凑凑，把一周三节体育活动分摊到每天，似乎还不够，硬是从其他地方挤出指标，凑足一小时。要想办好一件事，中国人有的是办法，比如突击检查，再不就是搞比赛。"比"是"促"最有力的推动，一比，就要公示成绩，排队，将常规绑在荣誉上，领导首先就得重视起来。比如大课间比赛，按理说大课间就是让孩子动起来，莫让老师随意占用孩子的活动时间。一比，不是简单的动不动的问题，而是动得好不好，谁整齐谁花俏谁有气势。我们学校的大课间是逐渐打磨出来的，站在楼上看宏大的场面，似乎有些乱，细细地看每个班的编排，还真是奇巧——似乎忽略了一个最基本的因素，倘若都如我等把孩子藏起来，大课间操场就只有音乐没人影了。

但我什么时候去找这些孩子开小灶呢？其他下课时间只有十分

钟，还提前两分钟预备。很少见到主课老师不拖课的，即便老师不拖，孩子自己拖，他们能在下课铃前准时完成作业吗？中午呢？学生吃完饭，整队踏步走向教室，进教室前又得整队，打扫清洁区的学生提着扫帚冲向楼梯，我这个时候进去，三个组的学生还在回味饭菜，一个组都是空位。等扫地的回来也就十多分钟余地，十二点整，数学或是英语老师又该进教室午间自习了，我一边招呼，一边怏怏地退出。端着一沓簿本的老师笑靥如花地站在门口，客气地招呼我有事尽管弄，他等着。你说我没事在教室干吗？十二点我该明智地向后转。

放学了。广播声催发第一批、第二批孩子。孩子歉疚地对我说，该乘车了。任何理由都不足以阻拦校车准时开发，何况一车孩子在等候。走了这几个，剩下由家长接送的孩子留着。三个老师没依次布置回家作业，孩子万万不敢擅自离校的。没事干的孩子在走廊踢毽子、跳绳，或是趴在护栏看门口的风景，也有坐在教室里慢条斯理地做回家作业。有几个，也总是那么几个，脚不踮地，在几个老师之间穿梭。一个老师那里没完，下一位已候着，有时未必候得到。下班了，老师的车队涌出校门，门口或坐或站的家长，耐心看着斜背书包从过道走来的疲惫身姿。那些蹦跳着出去的身影，早被汽车、三轮、电瓶车接走了，在桥头、市场门口闹到一串烤肉，继续回家。

等得不耐烦的家长们在门口有话没话地闲扯。探头观望已经亮起日光灯的教室，生怕错过了熟悉的身影，附带关注一下走廊、楼梯口和过道，或许还有从门口走过的背影。门卫不再严加看管，几个家长将电瓶车停在楼下橱窗旁。嘀嘀咕咕，骂骂咧咧，埋怨自己的孩子，也顺便说说老师，这个时候世界上所有的东西他们都敢骂。再等不及，他们走向教室，隔着窗户探望。若是老师说他们的孩子怎么怎么，他们大概不会给你很舒心的脸面。听说家长还有找老师吵架的。孩子没完成作业，家长主张并商量着该带孩子回家补做，老师不让走。僵持之间，必有一方要让步的。如果家长能理解老师的一片苦心，也罢。他找准老师的软肋，比如说你态度不好，态度这东西怎么衡量？说你老师没本事，一天到晚都没教好，靠摸夜补课算哪门子本领。老师觉得委屈，好心被当成驴肝肺。

　　一个家长告诉我，她准备每天放学后送孩子去校门口的什么补习班补课。我知道，去开小灶的大多不会是太上进的孩子。两个月来，她因为不长进的孩子一直给我教育得灰头土脸，听说门口有这个班，就兴奋起来，似乎一到那里，孩子便得了灵丹妙药。我说，千万别抱太大的希望，老话叫"药补不如食补"，你首先关照他在校好好表现吧。

别把我逗乐了

　　"你是校长吗？""不是。""那我怎么觉得你像校长啊？""不是。"这段对话的场所不怎么雅致，但我们每天无法回避，每隔一两个小时。按中医理论，肾脏功能正常的男人，白昼大概会光临厕所七次左右。其时我已转身准备洗手，突然从门口冲进两个男孩，其中一个肉嘟嘟的脸，他打量我一番，毫无生疏感，他的问题唐突得有些莫名其妙。小男孩和我靠得很近，为了从我含糊其词的嘴巴上方看清我的表情，最大限度地扬起胖脸，久久注视着我，我的回答一定让他失望了，他转过九十度，把小手伸向一个非常熟悉的部位摸索。同伴如法炮制，显然他的行为给同伴带来同步效应。"你真的不是校长？"他似乎心犹不甘，一小截身体还暴露在裤子外面，童行无忌。成人哪有这么讲话的，会议放风的时候，撑不住一饱茶水的几个会友嘻嘻哈哈地走向那里时，一溜顺排着队正儿八经地操作时，大多选择沉默，稍微背转身体，小孩子不会觉得尴尬。他莫名的追问使一场有趣的对话，在并不怎么有趣的地方延续下去。"你说，怎么就认为我是校长呢？"我的好奇心给我带来空前的和蔼。

"因为你像校长。""像校长的不一定是校长。"估计我略带禅意的回答自然应该引出逻辑式的下文，比如说"那不像校长的呢？"可惜他没有顺着我的思路下去，只问："那你是谁？"我说是老师，他点点头，说声"老师再见"，就从楼梯口下去了。我估摸着，他们是一年级的学生。

他能听懂我的话，未必能听出弦外之音。"那不像校长的呢？"幸好他没问，如果问了我该怎么回答呢？方程式尚且有无解的时候，逻辑问题也有绕不出的迷宫，社会更是比单纯的逻辑问题不知复杂多少倍。一个医生朋友酷似浦志高，《江姐》里那个叛徒。我们一直开他玩笑，说他像坏人，他反问道，你们长得像好人？几个一下无语。细细品味，寻常的玩笑里暗藏玄机。像与不像，跟是与不是相去甚远，而且有着本质的区别。我一个高中同学，以前在北京工作，每逢回老家，市领导、镇领导拿他当尊佛，奉若上宾，迎来送往。春节他父亲庆寿，地方上还专门派领导去捧场。领导围着他敬酒，说是团结在党中央周围。大概忘乎所以了，他在回敬时，也大声吆喝，来，团结在党中央周围！结果成了笑柄。同学聚会时，我们开始很尊重他，他不是懒得应付，就是像大首长一样发表长篇演讲，陈词滥调中夹杂了"啊""这个"之类的官腔。我跟他交谈，他一口的京腔，拒绝乡音。他的傲慢让人很不舒服。同学攻击他，调侃他，最后懒得理睬他。从趋之若鹜到坐冷板凳的戏剧逆转，前后不足两次相见。说来他还是一个副厅呢，却为引车卖浆者嗤之以鼻。

老同学是个官，还是大官，应该允许他有些官架子。我们不知道他从政以后改了一个非常雅的名儿，一直叫他高中时的本名。他一次次纠正我们，呼他本名，他鼻子里哼一声算是应答。那孩子凭什么就认定我是校长呢，莫非也是官架子？我忘了请教孩子的名字，否则抽空去问问他，如果真是，那么我太可悲了。据说老裁缝给人做衣服的时候，不光量尺寸，还要问主人的职业，颇令人费解。后来他说，秘书之类打杂差的，卑躬屈膝，要前摆短后摆长。单位副手，弯腰与挺胸扯平，前后摆一样长。一把手趾高气扬，要前摆长后摆短，这样，别人看上去前后摆都是一样长。我最近的一次量体裁衣是结婚时的一件中山装，也没在意前后摆的长短，难得一件新衣服，记忆中的风光掩盖了细节，何况二十多年了，那件衣服早就从箱底翻出来扔给收破烂的了。如今的西服都是成品，出厂时也不清楚日后会穿到谁的身上，大概不再会在乎前摆后摆的微妙之处，具体到穿在某个人身上，合身，或别扭，还以为大小问题呢，谁能想到前摆后摆。

古语"相由心生"，我在《像不像老师》中写过，有人说一个人要对自己三十岁后的相貌负责。我这人生来对自己的相貌没底气，小时候黑不溜秋，青年时瘦猴似的，四十岁以后未老先衰，头顶开始荒芜。一次坐在凳子上，母亲惊呼道，头发怎么那样了？我说要不我坐着，你一个矮老太，哪来居高临下俯视我头顶的机会。女儿给我买来生发水，说效果如何了得。后来她发现直到过期了，我居然没开封，便颇有微词。我说肉身凡胎爹妈所赐，任其荒芜吧。她说，那你早晚干吗蘸着水对着镜子梳头？我说还能掩盖一点儿真相。她说老爸也会做作，忸怩。

学校的一个什么橱窗要更新，一群精英在花坛边拍照，上墙照代表学校形象，谁都不敢怠慢。咔嚓了一阵，精英相继离开，只留一位，大概对摄影师的技术不甚满意，接连摆了几个造型，搔首弄姿，一脸灿烂。其时我正站在不出二十米的地方把目光投向花坛，目光里一定有毫不掩饰的艳羡与敬慕。孰料我身后一声嘀咕，天生丽质随便一站，都是光辉形象，拍不好怪谁呀！我回头看身后，语气怪怪的，估计他跟我一样轮不到上墙，心里跟嘴里一样酸。民工学校要我的上墙照，董事长说越快越好。这是我吗，我几乎不认识自己，前去送教的一位老师盛赞一番后意味深长地问我，是什么时候拍的。拍照的老姚够哥们儿，轻描淡写地说稍微加工了一下，就是头顶补几根头发，用橡皮擦去脸上的一些皱纹。照片把我还原到若干年前，或许这个形象在世界上压根儿就没存在过。我毫无内疚地任由着自己的赝品招摇于他们的橱窗，且还有几分得意。可是，这张大照片略带一点"苦相"，谁能看出来，昔时一个眼尖的同事说过，尚不敢肯定。外表强悍的男人也有柔弱的一面，不经意间的神情是所有刻意伪装无法掩藏的，就连我自己都浑然不觉。

一日，我在石梅广场闲逛。迎面过来一个四五十岁的妇人，她冲我一个劲地笑，口中念念有词。细听，是说我面相如何有福。她要给我看相。周日，在兴福寺喝茶，看相的在茶桌间穿梭。挤出笑脸，说尽好话，往往以"这位老板……"为开头，也甭管你有无兴趣，是否厌烦，终日兜售着世上最廉价的赞美。他们的成交率不高，几乎没见他们正儿八经做到生意。但这支整日游荡的队伍，新面孔源源不断地加入，都非终日为生计奔波的群体。泡着碧螺春，嗑着瓜子，打火机压着软包的大中华，边打牌，边把服务员使来唤去，有钱又有闲。随便指哪一位，信口赞美一番，总不会太离谱。

常熟人的吃茶风气日盛，山民的家坊式茶馆如雨后春笋，遇上双休得雇短工。两位短工的对话很有趣，一位说，怎么老是有那么多"白相"人？另一位说，现在呐，"呒青头"人多。短工都是五十左右的农妇，一周中五天务农或做些杂活，双休赚现钱是她们一周最盼望的，谁料她们赚着这个群体的钱却看不起这个群体。"呒青头"的意思，普通话表述很难穷尽，只有吴地土著才能真切领会。那些看相的一边觊觎着"白相"人腰包的时候，内心是否也心存鄙视呢？我先前以虚荣构筑的优越感就在农妇小声的嘀咕中訇然倒塌。

据说萨达姆在位时，为防暗算，雇用了好多替身。有的无论从长相到身材都酷似老萨。从古到今，这样的花招屡见不鲜，大清皇帝也玩过。做替身不怎么好，面临比普通百姓更多十倍百倍的性命之忧。不做替身的，未必有太平日子。长得像谁并无过错，谁让你偏偏像皇上呢？今人了解历史，大多凭着肥皂剧的"戏说"，那么有趣的场景绝不能混同历史的严酷，我们都陶醉在编导的胡编乱造中。几年前一位突然去世的演员，本是话剧演员，在世时因扮演中年伟人形象而红遍全国。大概过于投入，他在家时的一言一行也俨然伟人的做派，弄得妻儿哭笑不得。妻子曾向人诉苦，说她得到了一个伟人，失去了一个丈夫。我没有伟人的气势，更无演员禀赋，长得像哪个校长呢？他们都是玉树临风，哪能是我这糟老头的模样呢。

午后，我护送孩子进教室的途中，与一位低年级老师同行。在主过道西侧，一个男孩迎过来直呼我"校长"，哦，就是前次厕所里碰见的那位，老师说就是他们班的。我摸着男孩的脑袋对他说，以后可别叫我校长了。他兀自咕噜了一句，竟把我俩逗乐了。

"你像校长！"他肉嘟嘟的脸上颇有几分委屈。

100 分的语文卷

　　期中试卷结分时，我发现一张 99 分的试卷——那 1 分扣在作文，前四大题都是钩，密密的红色的钩，如微风里一顺右倾的禾苗，看着赏心悦目。我习惯按版块批卷，如统考集体批阅时的流水作业，这样可以省些脑力。等一道道题批完，才一张张结分。我把目光停在得分横线上，犹豫着是否把分数填上。类似情形以前有过一两次，我在讲评时特意注解，说 99 分相当于满分了，因为作文是永远无法满分的。孩子都点头认同。作文为什么不能满分呢？是啊，没问过自己，孩子没问过我，一旦有冒冒失失的，我该如何回答？是惯例？还是说学生作文是永远达不到完美的。统考下发的评分标准，作文分四五个等级，都有条纲性描述，判一等的"酌扣 1 到 3 分"，也就是说再怎么着，1 分是必扣的，能受此殊荣的少之又少。市里集中比镇里集中批均分少 4 到 5 分，据说很严格。什么叫严格，就是手下无情狠命扣分。语文阅卷的主观性，如任意拉伸的橡皮筋，领导说，严格点！往往意味着冷冰冰的自相残杀。

　　一张六年级的语文试卷，不错一字，甚至一个标点，阅读理解答得到位，从要点到句子组织都无可挑剔，我还试图从作文中找个错别字（平时不扣分的），结果很"失望"，何不成全她一次呢？高考作文尚且有满分，我就这样说服自己。

试卷讲评，先报成绩，学生首先关心自己得几分，然后关心同属一档的其他几个，孩子间暗暗关注、暗暗较劲，也是一种学习动力。我故意漏掉这张试卷，报完后把目光递过去，好几个学生也在观望她，她狐疑地、小心地与我目光接触，表情尴尬。还缺了谁呢？我问。她举手。我问，你觉得考得怎样？她说，嗯……还行吧？我问，真的？她说不知道。我说，你咋那么没自信呢，不是还行而是很行，告诉你这次你考了——班上开始骚动，100？99？有小声议论。就是100！我说。她笑得勉强，还未从我设置的悬念中回过神。我说，一张试卷，如同布满陷阱的迷宫，居然能在其间左冲右突，脚尖都没沾一点儿尘土，一滴水花，该是何等不易！日后哪位学生从看拼音写字直到短文阅读都无误，只要作文还行（能达到这个程度的作文不会太差），都给你网开一面，成全你满分。

我不知道，课后有许多学生拥到那个座位，争阅满分的试卷。几双找茬的小眼睛交替审阅，试图发现老师的粗心之处。她边上的孩子告诉我审阅结果，眼里饱含羡慕。我把"含金量"这个词语渗透到试卷，同样得优，刚过90分与95分以上含金量不同，那5分的差距，如运动员顶峰时的成绩，往往难于逾越。不关本事，而是极度细致，长期养成的习惯，这对你们终身受益。可能有人觉得我过于钻牛角尖，过于咋呼。既然以分数衡量，何惧大张旗鼓，何必闪烁其词呢？

辅导员说，她是我们大队长，满分试卷拿过来欣赏欣赏。正看着，不知谁插一句，怎么会有100分的语文试卷呢？口气似怀疑，似不屑，可能觉得我捣糨糊吧。我不想解释，我们的观念是不是长期受到某种禁锢，而难于突破？

晚间上网，一位家长想跟我聊聊。不到两句话，我就知道她想说什么。我问，是不是你觉得语文试卷得满分不可思议？她说是。她还列举了她读书时老师说过的话，作文怎么可以不扣分呢？我反问她，怎么一定要扣分呢？每个年级都有习作标准，只要达到这个标准，我凭什么不给满分。其他家长也有类似疑问，一张试卷竟掀起一阵不小的波澜，想不到。

日子不咸不淡地又过了半个月。第五单元测试时，我又批出一张满分试卷。公布分数前，我先让学生猜，他们猜了十来个名字都不对，可见出乎意料。女孩这次发挥超常，报出名字时她指着自己的鼻子发愣，涨红了小脸。她还是第一次被老师声势浩大地表扬，同学都望着她。有一位仅仅写了个错别字，与满分失之交臂，一脸懊恼。争取 100 分！我对学生提出口号。

第一个孩子是班长，第二个是普通学生。得满分的孩子将终身铭记，在她六年级时曾经有一次得满分的语文考试。这是她的资本，也是她未来学习的动力。

她会用这词

　　批阅第四单元练习卷阅读题的时候，我发现一个与众不同的答案。选自课文《牛郎织女》的原文，非重点段落，基本上是课文教学的盲区，与课外选文无本质差别。其中一题是概括：用一句话说说这段文字主要讲了什么。小学语文中很常见的题型。我期望的答案是：老牛临死前嘱咐牛郎在它死后剥下它的皮。其中两个关键词"死""嘱咐"，也是2个分值对应的得分点。近半数符合要求，基本正确的近三分之一——用两个分句表达：老牛死了，老牛要牛郎把它的皮剥下来。"一句"的概念比较模糊，如以句号为准，两个分句不能算错。有几位偏差，仅写出一个关键词，判1分。只有一位答"老牛快死了"，判全扣。

　　我的描述略嫌啰唆，职业习惯所然。一位的答案很别致：老牛弥留之际吩咐牛郎日后剥下它的皮以备不时之需。但凡长句，需相当的文字功底方能表达精准，你看这句中的"弥留之际"，虽本册熟词而无一人使用，"日后"多义，而在这个语言环境间意义明晰，且巧妙委婉，"不时之需"简直是神来之笔！我所有的文章中从未使用过这词。我仔细斟酌这个答案，但看字迹知道是茜茜的。

你知道不时之需的意思吗？

知道，就是说不定何时能派上用场。

为什么想到用这词？

看书记在脑子里，冷不丁蹦出来了。

我说的是用在这儿是否妥帖，能说出理由吗？

因为老牛隐隐知道王母娘娘不会放过他们，但具体的时间……嗯……没准儿。

说得好！

试卷讲评时，我抛给茜茜一大串问题。小姑娘以为犯了错，表述不够自信，圆脸红通通的，目光躲闪。学生屏息静气，静观事态。"说得好！"如咔嚓一记回车键。小姑娘乐了，大概是我一向的严厉，她以手抚膺轻拍着，脸上瞬间阴转晴。班里嗡嗡议论。不吝时间，这个词语，这个答案的剖析不下十分钟，其中至少五分钟是在表扬她。小姑娘的脸又红扑扑的，激动得几乎流泪。同学都看着她，坐前排的也忍不住回头偷窥。

随着年级的升高，老师的褒扬变得越来越吝啬。低年级时廉价的表扬充斥课堂，动不动就为孩子"啪啪啪"鼓掌，跷起大拇指，全班高呼"行，行，你真行！"六年级再弄这一套，孩子都觉得滑稽。学生长大了，老师也"长大"了，表扬的轻描淡写远不敌批评的严厉，老师理解的懂事往往与承受力画等号。不要吝惜表扬，要么不表扬，要表扬就是五分钟、十分钟，不惜好词好句，表扬得你终生难忘。

第一次见到茜茜母亲时，她跟我说孩子作文不好，最怕作文，她问有什么办法让孩子提高写作水平。我说这是普遍现象，阅读、观察、练笔、培养兴趣。我的回答没有丝毫新意，她却当成灵丹妙药，一下子买了几千元的书，可谓不惜血本。那么多书，她都读了，而且不止读了一遍。

　　我发现茜茜的作文越写越长，单元作文写三页，考试作文写满天头地脚。可能我过于强调篇幅而误导了她。我说，考试作文大可不必，要懂得及时刹车。平时练笔与征文，适当长一些未尝不可。我在作文讲评中引入"细节"的概念，细节如雕刻，刀刀见功力。以下是她给市"重阳杯"作文赛的投稿片段，我未改一字。

　　"刚到爷爷奶奶那里，我居然，居然不认识他们了，好在有一种亲切感，热情的对待，贴切的问候，泪水在眼眶里徘徊，看着眼前这两位老人，银丝般的白发，满脸皱纹，沟壑纵横，布满皱褶，刀刻似的，橘皮似的，没有水分，没有光亮，只有像霜打了的枯叶似的一张饱经风霜的皱巴巴的脸。奶奶的身体看起来弱不禁风，但眼神中透着愉悦，看起来精神饱满。爷爷还是有着军人风范，但苍老了许多。我看着他们，一种愧疚油然而生，也许，他们期盼这天很久了，可是我们好久才达成他们这个微不足道的心愿，我们连这个都很晚实现，实在是太于心不安了。听着他们的欢笑声，我莫名其妙地跟着笑了起来，心里立刻豁然开朗。只是父母的望云之情无法带到，只能轻描淡写地说了下。以后，在回来前，每天陪着他们，希望把爸爸的孝顺也表示出来，但是也是于事无补，只有爸爸自己来，才有父子间的感觉。"

　　文中对奶奶的外貌，感情的把握都很细致，非一般小学生能及。文中"望云之情"为非常用词，用得很贴切。小学生读书，一知半解不要紧，脑子里积存一点儿消极词汇，不定什么时候就蹦出来，成为积极词汇。作文获得二等奖毫无悬念，凭的是实力。

　　爱阅读的孩子比同龄人成熟、懂事，茜茜有一个作家梦，我说作家可不是随便什么人都可以当的，她说知道。她还有十年求学生涯，无论将来从事何种职业，只要她的梦不被繁重的学业淹没，只要在无休止的考试夹攻中理想火苗始终不灭，相信她能走得很远。

细节的魅力

我问学生，谁知道教育楼三部楼梯分别有几级？孩子们面面相觑，一脸茫然。

老校加固维修，学校临时安置到原来的成教。办公楼与教学楼有一段距离，教室又在四楼，得提前几分钟候课。楼梯很陡，上下颇感吃力。同行的陈老师跟我说，西边楼梯陡，最不喜欢走这里。我说，西边和东边是一模一样的，你是心理作用吧？她说，说不上来，反正不一样。

记得一个作家说过，他乔迁新居，不出几日，对周边环境的了解远远超过常住的普通人。比如，屋前几棵树，最大一棵有几个树杈，步道上几块垫脚石，第几块碎了。作家并不神秘，所异于常人的对细节的留意，职业习惯使然。开始是刻意的，以后是无意识的。我自觉粗心，成不了作家。涂鸦过一阵后，觉得自己不知不觉开始留意细节，工作中的，生活中的。在文字叙述时，细节不自觉地闯进来，还原成映像，使得我笔走龙蛇，有如神助。相反，在一些参观活动中，同伴嘻嘻哈哈，走马观花，除了主人提供的口头、书面资料，感性材料风过无影，真要动笔成文，文字终是干巴巴的。

楼梯不是直通的，每层中间有一个平台，也是折返点，每层两折，到四楼共六折，东楼梯每折 12 级，侧楼梯每折 15 级。西边的有些古怪，下面两层每折 11 级，三楼到四楼 12 级，一级的高度分解到 11 级里，一般人不会意识到的，却被细心的女老师所捕捉。讲完这段话，我问孩子有何感慨，学生低头，会心一笑。接下来的插曲令人啼笑皆非：侧楼梯每层 30 级，走到四楼共几级？ 120 级！刚把问题抛出去，一个嘴快的孩子插嘴道。是吗？我说那你走到屋檐上了，而且你得请爸爸来造 30 级台阶。孩子脸红了。我不教数学，大概房屋落差问题没有出现在教科书。

"每次在楼梯口看学生上下，每一层是一个世界。一、二年级的学生，下去时最后三四级台阶都是蹦下去的。三、四年级的学生不屑于自由落体式的表演，更喜欢往上跳，最后两级或三级，没人敢尝试四级。最大的学生早不玩这雕虫小技了，规规矩矩，女生们初露娴雅之态，男生走路咚咚有声，匆忙间一步跨两级，步态轻盈。熟悉的老师从楼底上来，单凭脚步声就能知道。大个子体育老师噔噔噔格外有力；教英语的小姑娘，喜欢穿运动鞋，上楼梯悄无声息；即将退休的自然老师，踢嗒踢嗒地从三楼办公室转过来，布鞋可能不太合脚，一路摩擦声；'咯，咯，咯，节奏缓慢，似她温吞水般的性情，每一声间隔明显比常人长，像散步，像走台，她的鞋跟都有一定海拔，需摆正步子走路。'最后一位教过这个班，我让学生猜，他们异口同声回答。我对学生说，这是老师随手写的片段，有何感慨？

学生有意注意时，观察挺细致的，只是太少了。作文时回忆，只有轮廓，没有质地。重叙述轻描述，以过程性语言代替细节描写，最有魅力，最能打动人的是细节。

恰好有一个全国书信大赛，落实在我班。或留守儿童给远方打工的父母，或民工子女给老家的亲人。班上无留守儿童，学生推荐了三位外地生。选手很快把初稿发到我邮箱，我一一过目，篇幅不够，泛泛的东西多了，缺少个性的细节。我向来以为，小学生达到初中生的水平，参赛作文方能脱颖而出。

李茜从小由老家的爷爷奶奶看护，上幼儿园时随父母到南方，几乎没回过重庆老家，对爷爷奶奶的印象多建立于与老人同住的零星日子，如今老人回老家了，应该通过交叉回忆其间的细节，表现亲情。

"我现在还记得那时候我还小，在长身体，家里也不怎么宽裕，但是爷爷每天都买一条小鱼给我炖汤，每次我拿着汤匙喝汤，爷爷带着慈爱的笑容看着我喝完。爷爷本来就喜欢吃鱼，家乡重庆鱼不多，所以鱼也算个稀罕物，而爷爷就看着，半口都没沾。

"有一次我发高烧，可以说是烧糊涂了，双颊热辣辣的，嘴里嘀咕嘀咕不知道在说些什么。爷爷发现了很着急，由于父母都在上班，爷爷只得背着我跑到了医院。当父母赶到时，爷爷气喘吁吁地坐在凳子上，衣衫被汗水浸透，我迷迷糊糊地在病床上挂水。医生说这是着凉了，拖延了一两个星期，加重了感冒。从那时候起，爷爷不断叮嘱爸爸妈妈晚上不要顾着自己睡，要时时注意我被子盖好没。他每天夜里都来看看我有没有盖好被子，悄悄帮我盖严实，轻轻关门。这当然是我听妈妈讲的，事隔很久，但是这真的令我有些泪眼婆娑。"

你看，爷爷买小鱼、给她盖被子两个细节多好。

杜军豪的取材源于老家最近的变故，外婆因邻里矛盾突然辞世，他随父母回老家奔丧，脸上留着隐隐泪痕。布置任务时，我跟他说，你可以给逝者写信，这角度唯你独有，以独特的方式表达对外婆的怀念，标题《致天堂里的孩子》。心绪波动导致无法以平静的语言诉说，初稿中充斥着思念一类干涩的词句，孩子式的呼天抢地固然感人，整体却比较空洞。我对他说，回忆奶奶生前的种种好，与开丧时的情形进行反复穿插，作为感情的出发点。其中一段：

"给你洗脸的时候，你始终睁着眼睛，后来妈妈拿热毛巾捂了好久，还不行，妈妈让我喊你几声，你最后才闭眼。我知道，你有心事，你也舍不得我。外婆，我已经长大了，已经学会照顾自己了，您就放心地走吧！我一定不会辜负您的厚望。"

负责送稿的领导告诉我，看到这段文字时，她鼻子酸了。

成语死不瞑目融入情感臆测，世间真有这事？我宁信其有。这个细节并不陌生，在一些经典的文艺作品中反复演绎，象征逝者冤屈、遗憾、不甘等遗愿未了。后边的陈述，使得这个细节更生动，站高些看，其真伪不值得过于纠结。

得奖与否不重要，重要的是孩子能从中感受到细节的魅力。

我和预习的博弈

看一个孩子的学习习惯，先看预习习惯。看一个班级的学风，先看预习风气。按说，预习应该是个人行为，由自发而自觉，在无人监管的情况下，主动捧起书本走向陌生课文，个体习得的意义并非在于透彻地理解，而在于初步感知。退一步说，理解也并非语文教学的全部意义，感受熏陶才是。

第一课，没布置预习。我问学生，预习的举手。但见三三两两，犹豫着把手举起。我问，怎么预习的？他们如此这般告知。我又没啥别出心裁的方法，遂表示认可。乘势提出读课文的要求，要求并不高，要熟读、读熟。

第二课，布置预习。第二天检查，近半数没预习的痕迹，连词语都没划，不借拼音不会读生字。于是批评，告诫，威胁。第三课再布置预习。明显无痕迹的七人，连抵赖也免了。还有几个学生被检举没预习，是到了学校补上的，所谓补，就是画了几个词语，给生字组词。发短信督促家长，并详告预习要领。第三、第四课效果明显改观。

我问孩子，你们知道什么时候就该预习下篇课文了？他们说知道。第二单元开始我不再布置预习。预习不是作业——要让孩子明确。不是作业是什么？是习惯。每次抽查，没预习的总那么三四位。这几位老大难，任何作业都有问题。

我当然不会仅仅停留于形式。新授及精读时要抽读，要求流利，不流利的，甚至还有朗读障碍的，学生自会甄别。我没时间每次抽读全部，或许有人侥幸逃脱，但总有所警示。读熟是个什么概念？孩子问我，该读几遍才算？我说，你自己看。我不想知道你读了几遍，只在乎结果。

预习不是做给老师看的——不管孩子是否理解这句话，我在检查的同时告诫他们。一个人习惯的形成应该来自自身，而非外在的压力。孩子心理尚不成熟，习惯形成的起始阶段还需要外在动因，最好不是迫于压力，是接受教诲和氛围感染。四年级了，老师不妨松开些手。

我也曾思考过一个好老师的标准。有的老师包办的事情太多，如大厨，每天将精美的大餐喂给孩子，把孩子养得胖胖的；对家长也是事无巨细，悉心关照。久而久之，学生和家长全都依赖老师，以至于学生根本不会自己学习。及至换了一个老师，学生和家长感觉极不适应，感觉这个老师不好，感觉这个老师不负责任。是前一个老师把你们宠坏了，我是否可以坦言，过于周到的服务会谋杀一个人的自觉，其实害了学生也害了家长呢？

假想一个老师，旨在在造就一批学生的同时，造就一批家长。这个老师有着独到的视角和思想，是否因种种原因而成为泡影？可惜我没有专家那样令人折服的理论支撑我的理念。这个时代，大厨式的教师尚且缺乏而弥足珍贵，懒散马虎混日子的教师也大有人在，真正的有心人太稀缺了。

回到正题。学期过半，预习状况时有反弹。学生表面文章糊弄过去了，实质还有问题。听浦校长说她班里的预习，我羡慕又嫉妒，她的孩子个个都熟读课文，否则拿家长是问。我心思没她细致，一直有些粗疏，粗疏可能是男老师的通病。上周一教第十六课，突然发现有十六位没预习。问何故，学生一脸沮丧。大概是前天单元测试，周五又是校运会，接着双休，又把预习忘在爪哇国。这次，我要责怪家长了，有的家长跟我道歉，也有的跟我玩太极。我言辞严厉，一句句的短语中承载着不容辩驳的愠怒。

我有一些孩子在市里上学的家长朋友。他们觉得，家长是老师工作的延续，家庭是学校教学的延续。许多孩子要家长陪护着做作业，老师也将学生作业转嫁给家长。他们乐此不疲，毫无怨言。我说，你是个负责的家长，但绝非合格的家长。他们说，就一个孩子，任何牺牲都值得。我说，对孩子开始要管束，直到无需管束，稍微带一只眼睛就可以了，这才是家长最理想的境界。我们也曾是家长，在家长与老师两个角色之间是否抱有同样的心态？

前几天一位家长跟我核实，说她孩子没上课笔记，就是语文书上也光溜溜的，字不多。似乎担心我上课时候没教给孩子什么。我说，这个不假，我没让他们记笔记，有些知识点抄在书角，有些让他们当堂记在脑子里了。我这人是有些给自个儿找麻烦，你想，一抄下来，学生做作业方便，复习顺当。以后让他们一翻书，省得经常无休止地重复，还莫名发火。但我就是不长记性，要他们上课时长记性。以前听一位老师说过，上课时别中气太足，学生听惯了大嗓门，反正能听清，可以偶尔开开小差，于是老师的嗓门随着课堂噪音的提高而提高，直到把自己逼得嗓子嘶哑。轻声上课的老师就不这样，学生怕听不清，非得侧着耳朵，凝神捕捉声音信息。偶尔提高八度，振聋发聩，醍醐灌顶。是这样吗？可惜我还是不长记性。在下觉得，学生听课习惯不在于老师的音量，而在于自己的注意力。老师察言观色，捕捉学生表情。渐入佳境的学生的表情是什么？时而微笑，时而沉思、时而蹙眉、时而释然，眼神和面部随着课文、随着老师呈现丰富的表情，而非漠然，肃然，眼睛看老师时目光是空的。

如今上课，首先要照顾到练习册上的习题，如果跳开这个，一味追求语文的本真，恐怕学生不会做那些鸡肋似的习题。这些习题与课文有关，有些就是重点，也有不少游离于重点之外。若任其自然，我教我的，学生做学生的，到头来，大多一塌糊涂，耐着性子发下去重做。再不，学生做这些题目，老师又要专门去辅导。练习册的内容，一定程度上主宰了我们的课堂教学。老师上课前不得不做些预习，尽量在课文阅读理解中照顾到练习册。有些题目出得滑稽，答案似是而非，或者根本就无从回答，老师尚且如此，学生云里雾里。

我低头在研究练习册，一个大胆的学生问我，老师还要动脑子？我对学生说，我也在预习呢。

学生错，还是老师错？

第三单元测试的第一题是选择读音，八个字，其中有两个错的最厉害。"埋藏"的"藏"，有近半数选择了"zàng"，而非"cáng"。相对而言，"埋藏"这个词使用率较低，可能受"埋葬"一词读音的影响，学生未假思索，没有将读音与意义对应起来。"装载"的"载"，选对的不足十人，绝大部分选择了"zǎi"。开始我还没在意，批到十几张时，发现不对劲，怎么都是选第三声的？我甚至怀疑自己既定的判断，去查词典再次求证。

我的学生时代没学过汉语拼音，那点"哑巴拼音"的底子也是在师范学校学会的，底气导致时常怀疑自己。

卷子讲评时，我有些冒火。"一字的读音，全班竟然错了80%，你们也太不认真了，想想是什么原因啊，你们什么学习态度，甭看其他题目，光这题够说明问题了！"老师擅长借题发挥，善于从一个细节生发哲理，并给孩子无限上纲。我的批评声色俱厉，孩子们低着头，沮丧、惶遽、歉意写在他们的脸上，我说以后记住了，孩子似木偶一样齐声答道"记住了——"

我不曾想，我要孩子想想是什么原因导致全班性的错误，如果孩子斗胆诘问，"你是老师，负有授业解惑的责任，你说究竟什么原因？"我估计会语塞。但这种场面不会发生，他们还是小学生，借他们十个胆子都不敢。师生地位的不对等，使得双方没有平等对话的可能。一辈子当老师的人，习惯了对别人的批评责备，很少能返身自观的。我与朋友打牌，感觉就不是那么回事，他们不服我老师式的训导。老师批评对方，把对方的错误放大，将自己的错误缩小乃至忽略，我以对待学生的口气批评牌友，他们不是小学生，会反驳，与我脸红脖子粗，当惯了老师姑且难于扭转角色，把牌友当小学生一样批评，谁能接受。难怪当惯干部的，一失权更会失落，骂得七荤八素。

我再回头去想全班性的错误。"装载"的"载"是个熟字，《田园诗情》中并未将其列入多音字。我没有贯通一至六年级的教学经历，估计有几个可能：一是以前两个读音都曾经出现过，二是以前只出现过一个，还有一个读音要在以后出现，到时再列入多音字。但不管怎样，课文中这个读音一定是以前学过的。责怪孩子吗？似乎说得通，但我在讲课文时，孩子读课文时，没有特别关注，也未曾引起足够重视。我又想，这是本文该考查的知识点吗？想想只是重点非重点的区别，无所谓该不该。

学生是错了，老师不错吗？

我教"啄食"的"啄"字，凭我的经验，"啄"字中间一点应该是个重点，我像教低年级那样用红笔特意点了，而且想当然地再三声明，啄食是鸟类动物特有的进食方式，那一点代表鸟嘴（喙），姑且不论是否杜撰，反正讲得如此清楚形象，该没事了。好家伙，抄写错了三个人，默写错了五个人。我强压着火气问其中一位，你说，老师上课时怎么讲这个字的？他回答得头头是道。再问一位，你听见老师说这个吗？他很肯定地点头。那怎么会忘了呢？他们低头不语。我非要撬开他们嘴巴的，逐个隔离审查，一个说，真的忘了。一个说，写的时候不认真……最后一个说，我是记得老师说过的，但原话是应该有一点还是没有一点的，搞糊涂了！这次轮到我无语。

不知道教学理论中有没有"过度提醒"这个说法的，反正我觉得对最后一个孩子是这意思。

恕我孤陋，以前我没见过这说法，"过度提醒"就算我凑合着给此举的定位吧。反省我们教学的过程中，这种多此一举的冤枉路谁都走过，有时觉得自己很到位了，但学生偏偏还邪了门。注意力不集中，健忘，可能都是学生的因素，但谁说没有深受"过度提醒"其害呢？有时老师自作聪明，教学生字的时候，将一大堆的形近字拿来辨析，结果学生越辨越糊涂。辨析不是不可，相反必不可少，但方法，时机都值得研究。

这个例子，学生错，老师并非没错，错得有点冤。

瞿教导布置整个班级的写字赛。数了一下，他只给了四十八张书法纸，仅余三张。四年级刚刚开始写大页的钢笔字，你想一步到位，让他们顺利完成，且不出大的纰漏，实在不是一件容易的事。不是书写格式有错，就是写错字，或则在细节上出点差错，比如标点符号占格不对，位置不妥。按照以往常规，我复印一份书写方格，先让他们写个草稿，逐个纠正过关后，才能正式写到比赛用纸。但这样做太费时，时间太紧张了，唯一的办法就是一次成形。如果不这样，再三关照格式，学生写错了，再给一张，一个班级浪费二三十张纸很正常，有的孩子马上写完了，却一不留神出错只好从头开始。

　　我突然想到按部就班，依样画葫芦。跟学生说，我们都是书法家，这幅书法作品要卖个好价必须尽你水平完美无瑕，但宣纸很贵的，浪费可惜，况且，桌子上多余的两张还得还给教导处。然后我先在比赛纸上写好课题，不是有投影嘛，让学生找准位置，写好课题，下去检查，居然有一位格子都数不准，我给他判下等，说只能排在后面了，你先用修正液改吧。接着，我写第一行，写完学生照着写一行，连标点符号的位置也明确要求，再检查，无恙。我又写一行，学生接着写，一个字一个字对照着写，如此这般，一段写完。

　　另起一段时，再关照，学生没错。教室里静得罕见。我以为这才是写字应该有的状态。我写完，学生也写完，严格地说，我比学生早写完一行。完了再检查，每行第一个字是什么，最后一个字是什么，全班有一个孩子没敢举手，过去一看，她写第一段最后第二句时漏了两个字，所以她的最后一行比人家短。

　　写完后，要按照老师的眼光从优到差排队。我们班缺乏打头作品，一眼就能从众多作品里挑出眼前一亮的那一张。整体尚可，但没了领队，这些个泛泛之辈统统成了乌合之众。拿破仑说过："一只狮子带领的一群绵羊可以战胜由一只绵羊带领的一群狮子。"我班带头的是绵羊，充其量算头羊吧，队伍里也没狮子，只有兔子，自然敌不过人家了。

　　不过无憾，能轮上一茬好学生也要福分，想我接班时，那些要我出丑的人偷偷看我，当我以自己的努力全然扭转局势的时候，冷水泼我，酸溜溜地损我，什么人啊，他们抢先占领了好班，但等考得不如我，即怪罪于前任老师，甲乙丙丁都不是。这世界，能撒泡尿照照自己的人实在太值得尊敬了。

　　记不清多少年没那样的福分光顾了，倒是频频教一些蛮吃力的班级。有人对我说，皇甫，教这样的班是容易出成果的，什么风凉话呢，我何尝不想着接一个好班？世间最可恶的人，笑嘻嘻地在你我的身边，却一肚子坏水，你就客观承认一次水平不如我，我又不会当菜吃了你。

　　我时常为自己的行为反省，错了，寝不安席。这次，学生有错，我没错。

祭奠我的学生

六月十日吃晚饭时，以前同事告诉，罗墩村的一对父女在早晨的车祸中身亡，那女孩在市中读高二，说罢自是唏嘘。我细细计算了一下，学校撤并前，那女孩在 2001 到 2002 年间应该是读四年级，而我正好教过这届学生，也就是说，她肯定是我的学生！我给村书记拨了个电话，证实消息的可靠，但他只知道女孩父亲的名字，于是，我再向别的老师问询，终于知道那女孩的名字，千真万确，是我的学生！

用不着搜肠刮肚，那女孩的形象很清晰地呈现在我眼前：齐耳短发，瓜子脸，大眼睛，很斯文。她不是一下子就能引起老师注意的学生，相反，在刚开学的一个星期当中，我对她也没什么印象。她引起我的注意很偶然，大概是我在讲课文时，发现她并不注意听，而是偷偷地做练习册，我收起她的练习册，看了一下她的名字，当然因她的不专心有点冒火。但她的字写得很好也很认真，四年级的学生，已经有初步的楷书架子，所以也没再批评她，我问学生，学生告诉我，她是班长。由于还没进行单元测试，我也不知道她的成绩，再加上课时她也不主动举手发言，不像有些积极主动的学生一开始就引起老师的注意。我从教她三年级的老师那儿了解到她的一些情况，老师说，她很优秀。

我仅教了她一年。一年不算短，我当然对她慢慢地有所了解。以后上课时，她再也没有"开小差"。后来了解到，那次也是她因病请假后在补作业，觉得错怪了她。大多数时候，她端坐在位置上，眼睛望着我，只是不像我们平时描述的那样，充满了对知识的渴求。她文静而讷言，每有冷不丁地提问她，一般问不倒她，她总能回答上来，老师总是喜欢这样的学生。我曾跟班主任谈论过她，我觉得叫她做班长不恰当，因为她不够活泼，还是做个学习委员或是副班长比较合适。为此，我找过她，跟她讲了些道理，我怕伤了她的自尊。

她的性格的形成估计与她的出身有关。她家境不好，到现在还是三间平房，农村中属于比较贫穷的，父亲是个老实巴交的农民，在建筑工地打工，她妈是四川人。家境的贫寒，造就了她的内向，她过早地懂事。她妈常年在外帮佣，我与她妈有过一些接触，她妈告诉我，女儿学习很认真的，更难得的是，那么小的年龄，很能做家务。从这个女孩身上，我总能找到自己儿时的一些影子，因而对她也有了一些偏爱。

我教过的学生不少，印象深刻的不多，何况七年过去了，一轮又一轮在眼前晃过。但我还能想起她，自从她上五年级后，我一直没见过她，她留在我心目中的印象也就是那个纤弱的小女孩。

小学不比中学，同班学生学业不相上下的要占三分之一。从小学到高中是一场漫长的马拉松，有的一开始就赶不上趟，有的中途拉下，有的后半程败阵。她能一路过关斩将，考取市中，而且担任班长，的确很不容易。更何况，她成绩很优异，明年她就要参加高考，十年寒窗，终将在一年后画出一个圆满的句号。她的努力，将为这个卑微的家庭带来巨大的希望，也为这个苦命的女孩带来光明的前途。可谁知道，会是这样？

　　带着说不清的缘由，我来到车祸现场。这是"苏虞张"公路立交桥下的一个坡，再过去，就是"六里塘"桥，由于小雨的冲刷，现场已看不到痕迹。唯一能识别的，是引桥的栏杆严重变形，可以想象当时的冲击力。那是辆过路的"江淮"牌两吨卡车，皖籍，从苏北运送油漆去浙江，自萧山返回，司机疲劳驾驶，估计在打盹儿，车速又快，车子严重偏离了正常的线路，悲剧就在瞬间发生了，那时才清晨五点，许多人还没起床，她要赶在早自习前到学校，父亲送女儿去立交桥底下乘车，因为高考，高二年级让出教室作考场，放假三天。出事的地方离他们家大约一公里，离乘车地方不到五百米。传言中的现场很惨烈，我不忍再去描述。十八岁，花一样的年华，按说今天她该坐在教室里，漫步在校园里，奔跑在操场上，尽管学习的压力很大，但她的生活中还是阳光明媚，鸟语花香，她的前途也应该阳光灿烂。而今，她躺在殡仪馆的某个冰柜中，残缺的身体冰凉而僵硬，她的隔壁就是昔日疼她爱她以她为荣对她充满企望的父亲，在那个世界，他们还能互相交谈吗？她还能弥补一下因学业的紧张而来不及撒完的娇吗？我不知道。我只知道她们唯一的亲人——她孤苦伶仃的母亲，发疯一样，痛断了肚肠。

　　我记得她姓名的，但不说了。

　　我不忍再写下去，泪水已经模糊了我的双眼。

偶一抬头

1995 年，我在新宅当校长时，中心小学曾组织过一次"反视导"。何为"反视导"？一贯以来，视导总是上级对下级，中心小学对村小单向进行，从来没有逆向。当时辅导组有十多所村小，二十多个村小领导一下涌进中心小学，听看查问，把中心小学搞了个天翻地覆，这些草根出身的乡村教师颇有道道，反馈时也能说个子丑寅卯，当时的中心校长就是这样评价的。

我离开大本营（中心小学）已经十年，辗转村小，就在鸡零狗碎中迎接夕阳。日渐孤陋寡闻，对中心小学的领导教师乃至一草一木，都带着一份由衷的敬畏。今儿接受安排，参加三年级组的专项视导，心情自是复杂。金校说，此次督查，体现全程性、全员性和全面性。虽是常态下的活动，感觉从前期准备到具体安排，甚为细致与周详。

这篇文字，我将一反常态，以条纲式书写。

晨会——简约但不简单。

八时十分，我准时走进三（1）班教室。意识中的晨会课，就是读读报纸，背背守则，再不就是与学生讲一些大道理。曾经见过中心小学的晨会方案结集，据说许多学校还争相借鉴。朱老师的晨会，主题是"爱惜文具用品"，短短十分钟，却是可圈可点。

趣味性——以童话式故事《橡皮在哭泣》导入，引出讨论：橡皮妹妹为何哭泣？她身上的伤从何而来？由此我想到，当年孙敬修在公园游览，见几个孩子使劲摇晃树苗，他凑近小树做倾听状，孩子好奇地问，你在听什么呀？孙老说，我在听小树说话呢。孩子不解，那，小树说什么呢？孙老说，小树说好疼啊……孙是教育家，对于孩子，自然不会简单地板着脸训斥。朱老师是从一年级跟上来的，更加懂得这些大孩子的童心，举手投足，练就了低年级老师特有的气韵，故事也讲得唯妙唯肖。

教育性——朱老师随后出示一些"残疾"橡皮，它们是从角落里、抽屉里收集而来。她让学生说说这些橡皮的受伤情况，研究研究怎么会受伤的，对此有什么感想。学生很活跃。教育家说过，当孩子们意识到你是在对他们教育的时候，这种教育是失败的教育。理是应该说的，但那是水到渠成，画龙点睛。因而，真正的教育，了无斧凿之痕，它不是硬生生地塞给学生一个理念，而是一种渲染和渗透。

艺术性——晨会是课型中的小品，应该有一个相对完整的故事情节。在故事引入和橡皮展示后，深化讨论：说说我们还有哪些文具用品，你是怎样爱惜它们的？最后阶段回归主旨，如果小主人也像我们同学那样爱护文具，你说，那橡皮日后还会哭泣吗？在设问式的小结中，下课音乐响起。我想，我们在师范里是学过些东西的，但唯独没有这个不起眼的小课。

原来，晨会还可以这样上的，我思忖着。

座谈——言有尽而意无尽。

中午十二点，我将三（1）班的十位学生带往美术教室，开始半小时的学生座谈。话题是有套路的，但形式由我做主。我不急于进入话题，与学生东拉西扯套近乎，然后问，你最喜欢上什么课？学生说语文、数学还有体育。我说，总得说个理由吧？是你喜欢这个学科本身，还是因为喜欢教课的老师？学生愣了一下，有的说是因为老师。我说，喜欢老师的理由很多，比如，她讲课好，她态度亲切，再或者她长得漂亮，一笑很好看，嗓音很甜美……我以难得的幽默逗乐了学生，他们放松戒备，开始与我无拘无束地交流。

我以公文化的语言说几句：

教育法规不折不扣。学生上下学时间正常，无过重负担，无术科挤占。他们清楚地记得最近的一节音乐课的上课时间，教学内容。我叫他们唱一唱，他们张口就来，在如今音乐细胞普遍缺失的情形下，只一节课的时间，就将儿童歌曲《芦笛》唱得像模像样，而且是无伴奏。

教育常规口诵行至。我很注意这些同学的坐姿，半个小时不算短，他们始终保持着正襟危坐，尤其是那个学习委员。即使在活跃轻松的气氛中，身子仍没有松懈。他们一日常规的蓝本，来自于学校自编的《三字经》，我说，能背一些吗？他们点头。我要求背关于上学放学，课前准备的一些内容，他们张开即来，头头是道。

群体氛围和谐愉悦。大量的媒体的宣传，似乎过于夸大了孩子的负担，其实我们的学生没有那么可怜。这个班，班风学风积极和谐，整体的学业优异。我问孩子们，在学校中觉得愉快吗？答案是肯定的。我说，说说快乐的理由。三年级的孩子，复杂的内容不会表述，但总体天真而阳光，他们真实的心境，洋溢在脸上。

成长环境满意有加。我说，在练小这所学校里，有什么感觉？他们觉得很自豪。这不仅是对学校，也对老师。似乎可以回到开头的谈话，不消说是朱老师稍稍占了班主任的光，孩子们是很喜欢她的，就是对其他老师反映也很好。我说，有没有哪个学科不大喜欢，甚至讨厌，你最不喜欢哪个老师？孩子们摇头，我说，是没有啊，还是不敢说？他们偷偷地笑。

写字——成似容易却艰辛。

小季对我说，这节是写字课。姑且不论是否有必要每周从有限的课时中挤出一节课专门用于指导写字，但我对之还是充满了期待。因为我没教过低年级，就算现在让学生写字，也大多放水。再则，我本身就没把字写好，直到现在总是懊恼自己少壮不努力，隐隐中也对我的启蒙老师心存芥蒂。所以，我要看看低年级老师怎么教写字。

一堂课，小季重点指导了八个字。她的指导突出几点：一是笔画在田字格中的位置，二是间架部首的摆布，三是部分笔画的特点。指导与练习相间，这八个字的结构特点很是不同，根本没有共性可循，整整一节课，她不可谓不卖力。我对写字外行，只是觉得它不单是一门技术，还是一项艺术。练练总会好些，但不是所有的人都能把字写好的。这个班，总体质量不错，小季也颇有自豪感，她自我感觉间架的摆布，笔画的提按转承，已入楷体，有特色的，还融入魏碑味道，当然学生未必练过魏碑。其时我正为自己学生的写字头疼，同样的三年级，自叹弗如，而且差距甚远。次日，浦校长正在批改六年级的练习册，她让我随便翻阅，说实话，无论字体或整洁度或质量，我都很羡慕。

反思——同一片蓝天下的村小教育。

有时与金校闲聊，村小与中心校就是不一样。许多教师未经历规模学校的历练，几十年蜗居乡村一隅，眼界、观念、能力就是不一样。常言道：走出夜郎国，看看新世界。老师对中心小学的理解，常常来自我这个"二传手"，纵使我如实拷贝，首先是失去了感同身受的亲历，其次缺少一定时间的熏陶。但他们大多五十左右，心态上就是汽车到站前的滑行，再加现有的生源，这种差距一时难于改变。

离撤并不远了，村小将成为历史。继续存在的，也将花大力改造，鸟枪换炮。资源共享，同一片蓝天，说得我都激动。

变味的保护

从山上下来时，吵闹声把我堵在最后几步石级上。这是某市郊区的一个景区，从功能来说，是老少咸宜的游乐园。娱乐设施与景区间有一山之隔，从北坡过来只有步道，南坡稍陡，上山可以任选步道或踏步电梯，山头虽不高，走累的游客图个省力，宁可排队等上几分钟，电梯口闹哄哄地挤满了人。四月是旺季，景区投入了强大的保卫力量，开着电瓶车或步行的巡逻保安随处可见，而电梯口安排了二个固定岗哨。

场面乱糟糟的，我静立片刻，试图理出头绪。对峙的双方，一方是三位保安，以白发老保安为首，另一方是三位女子，以戴红色太阳帽的高个女老师为主角。三位老师带着一个班学生从动物园过来，毫无秩序地涌向电梯，险象环生，冲在前面的几位学生已经跌跌撞撞地踏上电梯，保安来不及大声制止，顺手拉住电梯上的学生，移身挡在队伍前，要求学生排队乘电梯。事发突然，性急的老保安动作有些粗野。这下好了，带队老师怒不可遏地前去论理，几言不合，论理很快变成吵架，越吵越凶。山上的人下不来，山下的上不去，围观者越聚越多。保安和女子都是当地人，一口地道的当地方言。双方所有对话都带着反问，足见火气不小。

"你打我的学生，大人打孩子，像什么话？"

"谁看见我打了？打谁了？"

"我就看见了，你还想抵赖？她们俩（指着其他两位老师），还有这些同学，都看见了。"

女子转动身子，问身边学生："你们有没有看见他打人？"三三两两的童声回应："看见了——"女子似嫌音量不够，重复问了一句，并加了"究竟"一词，这次学生声音齐，声音大。

"老师，你不要太过分，胡说八道，真以为我打孩子了。"保安竭力辩解着。

"冤枉你了？你还不承认？"女子把前排一个男生拉过来，"说，哪里疼？"男生低头，摇头，不肯说。"说呀！"女子追问一句，搡了一把男生。男生指指胸口。他可能被保安情急中推搡了一下，不过不会太激烈。

两个瘦小的年轻保安被一脸怒容的老师唬住，始终保持缄默。孤军奋战的老保安还想说几句，一轮甚于一轮的围攻使得他渐渐招架不住，语气开始变柔。老保安对众人道："我孙子也这么大了，一向要求严格，从不乱宠。这帮小囝像野孩子，我是帮老师在管教他们。"大概后边的话又惹急了对方，不等他说完，立即招来质问，这次换了一位个子矮些的女子。

"你倒是说说清爽，我的学生，轮得到你来管？"

"如果换了我孙子，不听话，早吃我巴掌了。"

"你再动他们一指头试试？"

"老师，你不要不讲理，帮孩子也不是这么帮的。"

"谁不讲理了，啊，大家说说，究竟是我不讲理，还是他不讲理？"老师如法炮制，似在课堂上启发学生回答问题。

"他——"众学生指着保安，场面有点滑稽。似乎还不过瘾，老师又追问："谁最不讲理？"学生的手势更整齐，吆喝更有气势。老师一脸嘚瑟。

"像话吗，带着一帮学生跟人吵架。"人群中终于有人看不过，站出来主持公道，接着的话是对双方说的："让孩子上山吧，路都堵住了。"老保安坚持不肯挪步，说："又不是不让他们过去，先排好队！"

老师不依不饶，非要个说法，说要找景区领导，说要网上曝光。老保安道："就算我态度不好，道个歉，行了吧？"

再争执没意思，孩子默默排队，进电梯。众人散去。

校服上印着校名，轻易就知道学生的来路，不说也罢。回头看见班上几位学生，眼神怪异，大概第一次见到这样的场面。我光顾着看热闹，没在意他们何时站到我身边。刚才，几次想上前劝说几句，无奈插不上嘴。说什么呢，隐瞒身份站在保安一边，还是表明身份劝几个同行？都不妥，谁都未必买我账。那一刻，我心里的天平明显偏向保安，为这几位同行脸红，为这些跟着老师咋呼的学生担忧。

次日上班后，我把这次见闻详细说与同事听，希望她们客观评价一番。同事的态度很明朗，都说老师有问题。作为同行，我轻易不言同行的不是，即使出发点是保护学生，总觉得哪里不对。

我小时候，因为路途远，来回都是步行，四年级以下无缘春游。那年我十一岁，第一次被允许春游。在市中心自由活动时，有一位同学被自行车撞了，跌坐地上。骑车的男子把他搀起来，问问、看看并无大碍，准备跨上车离开。当时老师不在场，在同学的惊呼声中，老师从商店里冲出来，紧追过去，拉住自行车。骑车人脸带忧戚，只说乡下孩子乱冲乱撞，情急之中他来不及刹车，但车速不快，估计没事。老师说不管有事没事，总得跟老师说明情况，等观察一会儿再走，你想逃走？那时没有人碰瓷、讹诈、借机勒索。被撞的学生倒显得胆怯，怕被老师批评，抚着胸口说不疼，低声自责跑得急自己撞在车上的。"如果他一个劲儿地嚷疼，要求去医院检查，估计能得到五毛或一元的赔偿。"路上回来时，老师曾这么说，不过像开玩笑。我们大部队返回的时间推迟了近半小时，骑车人做了半小时人质，他是城里人，一脸着急说有急事，隔一会儿摸摸同学的脑袋关切地询问。老师要他出示工作证，写下姓名、住址。那张纸条一直压在老师办公桌的玻璃台面下，终究没派上用场。

小时候我很怕老师，觉得老师高高在上。而且那同学顽劣，平日老师不喜欢他的，那一刻居然如儿子一样护着他，照料他。春游后的第二天，上课前老师走到同学身边询问，态度和蔼，一转身，恢复了对同学的凶神恶煞。其间的曲曲折折，很长一段时间内，我有些想不通。但我知道，不管在哪里，老师都会保护我们。责任与个人喜恶无关，多简单的道理，四年级的孩子，能懂得多少呢。

这次景区邂逅的孩子，也差不多四年级吧？那场面如影随形，我一连想了多个"如果"。

说也简单，如果他们排着队有秩序地进入电梯，什么事都没有。如果保安……我实在找不出责怪保安的理由。黑压压的到处是游客，游乐场压力山大，稍微出点乱子，谁的脸上都不好看。保安是弱势群体，拿着不多的工资，负着天大的责任。如果老师有预见，及时制止无序状态的学生，保安一如常态笑眯眯，哪怕面无表情地盯着队伍通过，该多好。我宁可保安闲着无事，宁可几位老师只是碍于面子口气强硬，内心还认可保安的管教，承认自己有所失职。不过，我觉得她们反省的可能性不大。

不知那些孩子回家后，要不要跟父母说。头脑清醒的家长，是不会赞同老师这么做的。孩子似看一场戏，觉得好玩，心想即使出格，反正有老师罩着。仗着人多势众，无理也可以变成有理。一旦"保护"变味，正能量变作负能量了。若干年后，当他们具备一定的辨识能力，如果还记得这段经历，再不觉得好玩了。

　　我也得给班上的孩子补上一课，我问孩子："你们觉得那个保安做得对不对？老师对不对？如果你是队伍中的一员，该怎么办？"前两题小菜一碟，后一道题卡壳了。难说啊，让孩子教育老师多没面子，不过，有时候小眼睛也挺雪亮。